outras
estórias

HANIF KUREISHI

Meia-Noite Todo o Dia

Tradução de:
Isabel Paula

teorema

© Hanih Kureishi
Título original: *Midnight all day*
Tradução de: Isabel Paula
Capa: Fernando Mateus
Composição e paginação: Rui M. Almeida
Impressão e acabamento: Rainho & Neves, Lda. / Santa Maria da Feira
Este livro foi impresso no mês de Outubro de 2000
ISBN: 972-695-433-9
Depósito legal n.º 156461/00

Todos os direitos reservados por
EDITORIAL TEOREMA, LDA.
Rua Padre Luís Aparício, 9 - 1.º Frente
1150-148 Lisboa / Portugal
Telef.: 21 312 91 31 – Fax: 21 352 14 80

Íntimos Estranhos

Ouvem-me? Não; ninguém me consegue ouvir. Ninguém sabe que eu estou aqui.

Mas eu ouço-os a eles.

Estou sentado numa cadeira num quarto de hotel, inclinado para a frente, ouvido encostado à parede. Está um casal no quarto ao lado. Têm estado a conversar de uma forma suficientemente amigável; as suas trocas de palavras parecem ligeiras mas naturais. No entanto, o seu tom de voz é baixo. Por mais atento que eu esteja não consigo perceber o que dizem.

Lembro-me de que um copo pode ser muito eficaz quando se tenta ouvir através de um obstáculo. Vou até à casa de banho em bicos de pés, pego num copo e, segurando-o contra a parede, encosto o ouvido nele para tentar ampliar a audição. Qual é a melhor posição para o copo? Se alguém me visse nestes propósitos! Mas aqui estou completamente sozinho e a cena perde-se por falta de assistência.

Estas eram supostamente as minhas férias de Verão, numa cidadezinha à beira-mar. Tenho a mala aberta em cima da cama, com um livro de poesia e uma biografia do Rod Stewart por cima de tudo. Ontem fui à Kensington High Street comprar guias turísticos, botas para caminhar, romances, brinquedos sexuais, drogas e cassetes do Al Green para o meu *Walkman*. Fiz a mala ontem à noite e deitei-me cedo. Esta manhã tinha programado o relógio para despertar às seis horas e li um pouco do *My*

Life in Art do Stanislavsky: "Vivi uma vida variegada, durante o curso da qual fui forçado, mais de uma vez, a mudar as minhas ideias mais fundamentais".

Mais tarde fui correr para o Hyde Park e, como de costume, tomei o pequeno almoço com os meus companheiros de apartamento, uma actriz e um actor que também frequentavam a escola de teatro.

— Boa sorte! Diverte-te, seu sortudo de merda! — Gritaram quando me dirigia para a estação, de saco às costas. São entusiásticos acerca de tudo, como aliás tendem a ser os jovens actores. Talvez seja por isso que eu prefiro pessoas mais velhas, como Florence, que está no quarto ao lado. Mesmo em adolescente preferia os pais — normalmente as mães — dos meus amigos a eles próprios. O que me entusiasmava, em vez do futebol ou das festas, era o que as pessoas contavam das suas vidas, os pormenores das suas descrições.

Voltei mesmo agora da praia, um passeio de dez minutos, ao longo de uma fila de *bungalows* novos. O mar está lúgubre, quase cinzento. Arrastei-me ao longo de cabinas de duches públicos no meio dos arbustos. Havia uma espécie de beleza apropriada naquela desolação obscura e naquele borriço, bem como nas distâncias abertas, e vazias. Uma mão cheia de homens de capa amarela mimavam fios de pesca na margem. Num remendo de macadame havia pessoas apinhadas em *roulottes* , com os olhos fixos no mar. Sem ser elas não se vê mais ninguém. Considero todos estes elementos essenciais para umas férias em Inglaterra. Um casal que precise de conversar tem aqui a sua oportunidade.

O hotel, rodeado de gado a pastar e cavalos, é um chalé grande com celeiros num dos lados, construído no meio de um jardim cheio de flores. Tem uma sala de jantar, cujos vidros e pratas brilham como um lustre, onde é necessário usar gravata — estes pequenos *snobismos* tornam Londres ainda mais longínqua. Mas pode-se comer a mesma coisa no bar, que se situa (como dizem no guia do hotel que Florence e eu estudámos juntos) na cave do hotel. Os quartos são confortáveis, embora um pouco florais, e com uma abundância desnecessária de motivos equestres. No entanto, há uma cama de casal, uma televisão, e uma casa de banho decente.

Agora há risos no quarto ao lado! É, presumivelmente, apenas ele que ri, o riso despreocupado de quem vive num mundo sólido e estabelecido. E no entanto ela deve-se ter dado ao trabalho de fazer humor. Porque é que não me está a divertir antes a mim? O que é que Florence terá dito? Durante quanto tempo vou ser capaz de suportar isto?

De repente levanto-me, tropeço no canto da cama e o copo voa. Talvez o meu grito e o ruído da minha queda lhes estrague o idílio. Por outro lado, porque haveria de estragar?

Duvido que a minha amante saiba que fui colocado no quarto ao lado. Apesar de termos chegado no mesmo carro, não demos entrada juntos, uma vez que eu fui "explorar", tal como teria feito com as minhas irmãs, se estivéssemos de férias com os nossos pais. É só mais tarde, quando abro a porta, que ouço a voz dela e me apercebo de que estamos em quartos contíguos.

Tenho que me ir embora; não posso ficar aqui. Mas não vai ser esta noite. A ideia de voltar para casa é mais que decepcionante. O que é que os meus companheiros de apartamento vão dizer? Não somos melhores amigos; consigo sobreviver com a sua surpresa, além disso podia viver no apartamento como se estivesse fora, com as cortinas corridas, sem atender o telefone, evitando os *pubs* e os cafés onde costumo fazer palavras cruzadas e escrever cartas a pedir trabalho. Mas se ligar aos meus amigos mais chegados, vão logo dizer "porque é que já estás de volta? O que é que aconteceu?" O que é que eu vou responder? Vão correr boatos e piadas. A história será repetida por gente que nem me conhece; pode perseguir-me durante anos. O que é que poderia ser mais sedutor que o desejo castrado de outra pessoa?

Amanhã podia ir a Devon ou Somerset, como eu e Florence tínhamos planeado. Tínhamos a intenção de deixar esta possibilidade em aberto. A nossa primeira viagem — de facto seria a primeira noite inteira que passaríamos juntos — seria uma aventura. Queríamos gozar a companhia um do outro sem pensar que ela teria que voltar para o marido dentro de algumas horas. Acordaríamos, faríamos amor e trocaríamos sonhos ao pequeno-almoço.

Não estou com disposição para decidir seja o que for.

Têm certamente muito que dizer um ao outro, no quarto ao lado: o que com certeza não é muito comum para quem está casado há cinco anos.

Esfrego os olhos, lavo a cara e dirijo-me para a porta. Vou beber uns copos ao bar e peço o jantar. Já tinha inspeccionado o menu e a comida parecera-me promissora, particularmente os doces, dos quais Florence adora tirar só uma colher, afastar e dizer ao empregado:

— Estou satisfeita! — Talvez eu tenha o privilégio de assistir a isto, do outro lado da sala.

Mas volto à minha posição encostado a este bocado de parede tão familiar, massajo a minha pele e tento perceber o que estão a fazer, como se estivesse a ouvir uma peça de teatro radiofónico. Provavelmente estão a mudar de roupa. Frequentemente, quando estou sozinho com Florence, viro-me e ela está nua. Tira a roupa tão facilmente como as outras pessoas tiram os sapatos. Aos vinte e nove anos o seu corpo é flexível. Vejo-a deitada na minha cama, nua, a ler-me um guião e a transmitir-me a sua opinião, enquanto eu preparo qualquer coisa para comer. Faz vozes engraçadas para os vários papéis até eu ficar com receio de encarar seriamente o projecto. Tenho uma camisola e umas luvas que deixou em minha casa. Porque é que não lhe bato à porta? Estou com ideias surrealistas.

Eles vão estar na sala de jantar mais tarde. Não vejo porque é que lhe ocorreria levá-la a outro sítio esta noite. O homem comerá à frente da sua mulher, pedindo-lhe a opinião sobre os molhos, cheio de uma satisfação que o alheará de tudo o resto, sabendo que os lábios, piadas, seios e delicadezas de Florence lhe pertencem. Temo a minha própria loucura. Não que vá saltar por cima da mesa e degolar qualquer um deles. Vou sentar-me com toda a minha raiva e não vou apreciar o jantar. Já sei que depois vou para a cama desolado e meio bêbado, só para os voltar a ouvir no quarto ao lado. O hotel não está cheio: posso pedir para mudar de quarto. No bar vi uma mulher a ler *The Bone People*. Também há alguns jovens turistas austríacos, com meias altas, estudando mapas e guias turísticos. Podíamo-nos divertir à grande todos juntos.

Mas há uma compulsão horrível; preciso de saber porque é que estão juntos. O meu ouvido nunca se descolará desta parede.

Pensar que hoje de manhã estive sentado no comboio à espera, ainda na estação. Tinha trazido vinho, sanduíches e, como surpresa, bolo de chocolate. O sol queimava através da janela. (É estranho que imaginemos que só porque está sol em Londres, também está nos outros sítios). Tinha comprado bilhetes de primeira classe, pagos com dinheiro ganho num filme, desempenhando o papel principal, um rapaz da rua, um miúdo traficante de droga, um ladrão. Tinham-me mostrado o primeiro alinhamento; está a ser editado e terá uma banda sonora de música *rock*. O produtor está confiante em chegar ao festival de Cannes, onde, afirma, são tão endinheirados e privilegiados, que adoram tudo o que seja miserável e cruel.

Florence é seguramente mais perspicaz que o meu agente. Quando ouvi falar do filme pela primeira vez a outros actores, disse-me que durante o período que foi actriz jantou algumas vezes com o produtor. Imaginei que se estava a armar, mas ela ligou-lhe para casa e insistiu que o realizador me recebesse. Sentei-me nos seus joelhos com os dedos nos bicos dos seus peitos enquanto ela falava ao telefone. Não admitiu que nos conhecíamos, disse antes que me tinha visto numa peça de teatro.

— Ele não é apenas bonito, — disse ela, apertando-me a face. — Tem uma tristeza e um encanto enternecedores.

Havia montes de outros actores a serem considerados para o papel. Reconheci a maioria deles, fumando, arrastando os pés e protestando, na fila à porta da sala de audições. Presumi que seríamos rivais para o resto da vida, mas foi a mim que o produtor disse:

— É teu, se o quiseres!

Enquanto esperava por Florence O'Hara no comboio o meu sangue tornou-se tão efervescente que comecei a pensar se não seria possível fazer amor com ela na casa de banho. Nunca tinha tentado uma brincadeira destas, mas ela raramente me recusara alguma coisa. Ou talvez ela pudesse meter a mão por baixo do meu jornal. Passei dias a imaginar os prazeres que poderíamos ter. Passaríamos uma semana juntos antes de eu ir para Los Angeles, Hollywood pela primeira vez, para desempenhar um pequeno papel num filme independente americano.

A dois minutos da partida — e eu já estava a ficar preocupado, depois de ter passado uma hora a andar de um lado para o outro na estação — vislumbrei-a emoldurada pela janela e quase gritei. Para confirmar o facto de que estávamos de férias, usava um desajeitado chapéu púrpura. Por vezes Florence consegue vestir de forma incongruente usando, por exemplo, jóias antigas com um *top* de seda e sapatos gastos e coçados, como se, chegando aos pés, já não se lembre do que fez na cabeça.

Atrás dela vinha o marido.

Reconheci-o de uma fotografia de casamento que vi uma vez que passei, tomando precauções, pelo apartamento deles, para ver a sua vista sobre a ponte de Hammersmith e o rio. Florence tinha sugerido que eu pintasse a paisagem. Hoje, não sei bem porquê, ele viera despedir-se dela. Ela acenar-lhe-ia através da janela — só esperava que ela não o beijasse — antes de se enterrar no banco ao meu lado.

Há sempre algo suspeito na necessidade de estarmos sozinhos. A viagem tinha exigido uma certa organização. No início, conspirando na cama, eu e Florence considerámos que ela deveria dizer ao marido que ia de férias com uma amiga. Mas mentiras intricadas faziam-lhe transpirar as mãos. Em vez disso inteirou-se de quando o marido estava particularmente ocupado no escritório e insistiu que precisava de ler, andar e pensar.

— Pensar sobre quê? — Perguntou ele, inevitavelmente, enquanto se vestia para ir trabalhar. Mas ela, na sua calma, conseguia ser inflexível, e ele adora ser magnânimo.

— Está bem, minha querida, — anunciou. — Vai, fica um tempo sozinha e vê o quanto sentes a minha falta.

Vimo-nos duas vezes durante a semana da nossa partida. Ela telefonou-me e eu apanhei um táxi em frente à minha porta na Gloucester Road. Pôs um chapéu e uns óculos de sol e encontrou-se comigo num dos inúmeros *pubs* à beira rio, próximo da sua casa. Havia nela uma abstracção que me fez querê-la ainda mais e que, presumi, desapareceria com as nossas férias juntos.

O marido caminhava dentro do comboio na minha direcção. Apesar de se ter ausentado do escritório apenas por uma hora, usava um casaco de linho creme, calças de ganga e uns velhos sapatos de vela sem meias. Óptimo, pensei, ele é tão educado que a acompanha até ao banco; aí está uma coisa que um rapaz de vinte e sete anos como eu devia aprender.

Ele ergueu-lhe a mala até à prateleira e sentaram-se frente a frente do outro lado do corredor. Ele olhou na minha direcção de forma indiferente. Ela foi cativada pela actividade na plataforma. Sorria quando ele falava. Entretanto roía a pele à volta da unha do polegar até fazer sangue, tendo que procurar um lenço de papel na mala. Florence estava de aliança, algo que nunca fizera comigo, a não ser quando nos conhecemos.

Com uma sacudidela inconfundível, o comboio deixou a estação rumo ao nosso destino de férias, comigo, a minha amante e o seu marido a bordo.

Levantei-me, sentei-me, dei umas pancadinhas na cabeça, vasculhei na mala e olhei à minha volta selvaticamente, como que procurando alguém para me explicar aquela situação. Florence, ao ver-me comer o bolo de chocolate — noutras circunstâncias teria sorvido as migalhas dos meus lábios — levantou-se do banco para ir buscar sanduíches. Fui à casa de banho, onde ela me esperava do lado de fora.

— Ele insistiu em vir, — sussurrou, enterrando as unhas no meu braço.

— Foi ontem. Não tive escolha. Não podia impedi-lo sem lhe provocar ciúmes ou levantar suspeitas. Não tive oportunidade de falar contigo.

— Ele vai ficar a semana inteira?

Ela pareceu agitada:

— Ele vai-se aborrecer. Este tipo de coisa não lhe interessa nada.

— Que tipo de coisa?

— Estar de férias. Normalmente vamos para um sítio como Itália. Ou Hamptons

— Onde?

— Perto de Nova Iorque. Eu vou convencê-lo a ir para casa. Esperas?

— Não sei, — respondi. — Estragaste mesmo tudo! Como é que pudeste fazer uma coisa destas!

— Rob...

— És tão estúpida, estúpida!

— Não, não, não é nada disso!

Tentou beijar-me mas eu afastei-me. Passou a mão entre as minhas pernas — e desejei que o não tivesse feito — antes de voltar para o marido. Andei de um lado para o outro no comboio antes de me sentar. Não me ocorreu sentar-me noutro sítio. Tinha salpicos de sangue do polegar dela no braço e na mão.

Nunca a tinha visto tão em baixo. Às vezes fica tão nervosa que espalha o conteúdo da mala na rua e tem que se pôr de gatas para recuperar as coisas. No entanto consegue ser corajosa. Uma vez, no metro, três jovens começaram a molestar e a roubar os passageiros. Enquanto todos nós estávamos perdidos de terror, ela atacou os ladrões com uma fúria louca que lhe conferiu um prémio de bravura.

Fingiu dormir durante o resto da viagem. O marido leu um livro policial.

Na estação de chegada, enquanto saía da plataforma, reparei que o hotel tinha mandado um carro para nos buscar: um só carro. Antes de eu poder informar-me sobre comboios de volta para Londres, o motorista abordou-me.

— Robert Miles?

— Sim?

— Por aqui, por favor.

Aquele camponês curvado conduziu-me para onde o ar era fresco e calmo. A imensidão do céu era capaz de acalmar qualquer pessoa. Foi por isto que eu e Florence decidimos, uma tarde, viajar para cá.

O homem abriu a porta do carro.

— Faça favor de entrar. — Hesitei. Ele sacudiu alguns pêlos de cão do assento. — Vou conduzir o mais devagar que puder, e falo-lhe um pouco sobre esta área.

Depositou a minha mala no porta bagagens. Não tive outra escolha senão entrar no carro. Florence e o marido foram convidados a sentarem-se no banco de trás. À medida que nos afastávamos o carro inchava com o nosso calor e presença. O motorista conversou comigo, e eu ouvi-os.

— Estou contente por ter decidido vir, — dizia o marido de Florence. — Mas ainda acho que podíamos ter ido à Casa.

— Ah, esse sítio, — suspirou ela.

— Sim, é como ter um terceiro pai. Não precisas de passar a vida a dizer que não gostas dela. O que é que te fez decidir por este sítio?

Queria virar-me e dizer:

— Fui eu que decidi.

— Vi num catálogo, — disse ela.

— Disseste-me que tinhas estado aqui em criança.

— Sim, o catálogo trouxe-me isso à memória. Fui a imensos sítios em criança, com a minha mãe.

— A louca da tua mãe. — Pelo espelho vi-o pôr-lhe o braço sobre os ombros e repousar-lhe a mão no seio.

— Sim, — disse ela.

— Agora somos nós, — disse ele. — Estou tão contente por ter vindo.

Estou com fome.

Finalmente descolo o ouvido da parede, abano a cabeça como que para afastar ideias funestas, desço as escadas e janto no bar, apinhado com os ilustres locais, que preferem este hotel aos *pubs*.

Como com as costas voltadas para a sala, um livro à minha frente, pensando onde estarão sentados Florence e o marido, e o que é que estarão a dizer; como alguém sentado na caverna de Platão a tentar ler as sombras. A meio da refeição, tendo finalmente resolvido encará-los, levanto-me de repente, mudo de sítio e viro-me. Não estão lá.

Peço outra bebida, a rapariga roliça que está por trás do balcão sorri-me:

— Pensámos que estava à espera de alguma sortuda que não apareceu.

— Não há nenhuma sortuda, mas não é assim tão mau.

Pego na minha bebida e começo a deambular, embora não faça ideia para onde me estou a dirigir. Empregadas entram e saem da sala de jantar a uma velocidade fulminante, tão elegantes, inibidas e nervosas, faltando-lhes a arrogância e a beleza de Londres. Mulheres de meia idade com as caras pintadas e vestidos garridos, homens satisfeitos de fato e gravata, que não questionam o seu direito de estar aqui — uma vez que este é o seu mundo — começam a abandonar a sala de jantar com copos na mão. Durante um momento deixam-se ficar em pé neste pedaço da terra, enquanto esta se move imperceptivelmente ao som dos seus murmúrios e risos felizes.

Numa atitude optimista, sigo um casal até uma das salas de estar, onde tomarão mais bebidas e café. Atiro-me para um sofá de costas elevadas.

Passado um bocado reconheço a voz que estou a ouvir. Florence e o marido entraram e sentaram-se atrás de mim. Começam a jogar *Scrabble*. Estou suficientemente próximo para poder sentir o seu cheiro.

— Gostei do peixe, — está ela a dizer. — Os vegetais estavam mesmo no ponto. Nem cozinhados de mais nem de menos.

Tenho estado a pensar no quanto me sentia orgulhoso por ter fisgado uma mulher casada.

— Florence, diz ele. — É a tua vez. De certeza que estás concentrada?

Quando comecei com Florence tanto queria ser discreto como escandaloso. Esperava encontrar pessoas conhecidas; tinha a certeza de que os meus amigos andavam a falar de mim. Nunca tinha tido um aventura como esta. Se falhasse sairia ileso.

— Devíamos comer mais peixe, — diz ele.

Seguramente não pensava como seria o marido, nem porque é que ela teria casado com ele. Comigo ela tornava-o irrelevante. Éramos só nós.

Ele diz:

— Não gostas de me beijar quando como carne.

— Pois não, — diz ela.

— Beija-me agora, — diz ele.

— Deixa-te disso.

— Não.

— Archie...

A voz dela parece forçada e melancólica, como se estivesse quase a chorar. Por quanto tempo é que eu tenciono ficar aqui? A minha mente voa em turbilhão; esqueci-me de quem sou. Imagino catástrofes e punições por todo o lado. Suponho que foi para me curar dessas penosas fúrias que comecei a deprimir-me com tanta frequência. Quando estou deprimido fecho todas as portas, vivendo numa ínfima parte de mim, na minha sexualidade ou ambição de ser actor. De outra forma anular-me-ia. Tinha falado destas coisas a Florence — da "melancolia" como ela lhe chama — e como entende a questão: a primeira pessoa que eu conheço que realmente entende.

Verifico que se espreitar para o outro lado do sofá consigo ver o perfil de Florence, empoleirada num banco alto. Mexo-me um pouco; agora consigo vê-la completamente, com o seu *top* branco justo, calças beijes e sandálias brancas.

Estranhamente, porto-me como se este homem me tivesse roubado a mulher. Efectivamente fui eu que lha roubei a ele, e se descobre, pode facilmente ficar aborrecido e talvez violento. Mas eu olho e torno a olhar para ela, para a forma como coloca a mão direita à frente do rosto e descansa as costas da mão na face com os dedos abaixo do olho; um gesto que ela devia fazer em criança, e que provavelmente ainda fará quando idosa.

Se Archie é uma presença reguladora nas nossas vidas, é também uma presença invisível; e se ela por vezes se porta, digamos, de forma obscura, é porque vive atrás de uma parede onde eu só posso ouvir. Durante o dia é livre, mas gosta sempre de dizer onde esteve. Ele ficaria mais que satisfeito com um "Passei a tarde na Tate", e passaria muito bem com menos conversa sobre as obras de Giacometti. Quando nos separamos no fim de cada encontro ela fica muitas vezes agitada e aborrecida.

Presumi que não gostava dela o suficiente para me preocupar com o marido. Nunca me ocorreu que viveríamos juntos, por exemplo; continuaríamos casualmente até a relação se desgastar naturalmente. No entanto, ao vê-la agora reconheço que não estou preparado para isso. Quero que ela me queira, só a mim. Tenho que desempenhar o papel principal e não o de um mero figurante.

A empregada do bar vem e pega no meu copo:

— Deseja mais alguma coisa?

— Não, obrigado, — digo em voz baixa.

Noto que Florence levanta um pouco a cabeça.

— Gostou do jantar? — Perguntou a empregada.

— Sim. Particularmente do peixe. Os vegetais estavam no ponto. Nem cozinhados de mais nem de menos. — A seguir digo: — Quando é que fecha o bar?

— Às quintas! — Diz ela, e ri-se.

Sem olhar para Florence ou o marido, sigo-a para fora da sala e encosto-me pesadamente ao balcão do bar.

— O que é que faz aqui? — Diz isto como se estivesse segura de que este não é o tipo de lugar para mim.

— Descontraio um pouco. — Respondo.

Ela baixa a voz:

— Nós todos odiamos isto. Descontrair é tudo o que há para fazer aqui. Vai-se fartar.

— O que é que vocês gostam de fazer?

— Costumávamos jogar à roleta russa com carros. Atravessar cruzamentos sem parar, esperando que não viesse nada do outro lado. Esse tipo de coisa.

— Como é que se chama?

— Martha.

Põe a minha bebida no balcão. Dou-lhe o meu número de quarto.

— Tudo bem, — diz. Martha inclina-se para mim: — Oiça — diz ela.

— Sim?

O marido de Florence senta-se pesadamente no banco ao meu lado e não pára de se mexer, como se tentasse enterrá-lo no chão. Afasto-me um pouco.

Vira-se para mim:

— Posso-me sentar aqui?

— Porque não?

Pede um charuto:

— E um *brandy*, — diz ele a Martha. Olha para mim antes que eu possa virar costas. — Alguma coisa para si?

Começo a levantar-me:

— Já estava de saída.

— Foi alguma coisa que eu disse? — Diz ele. — Vi-o no comboio.

— A sério? Ah sim. Aquela era a sua mulher?

— Claro.

— Ela vai juntar-se a nós?

— Como é que eu posso saber? Quer que eu lhe ligue para o quarto?

— Não quero que faça nada.

— Tome um *brandy*. — Põe a mão no meu ombro. — Menina um *brandy* para este jovem!

19

— Pronto, — digo eu, — tudo bem.

— Gosta de *brandy*? — Pergunta gentilmente.

— Muito, — respondo.

Tira a gravada e mete-a no bolso do casaco.

— Sente-se, — diz ele. — Estamos de férias, bolas. Vamos aproveitar ao máximo! Posso perguntar o seu nome?

Conheci Florence há quase um ano numa sala de projecções, onde éramos os únicos a assistir a um filme realizado por um amigo comum. Estava quase deitada na cadeira larga, resmungando, rindo e resfolegando durante o filme. No fim — de facto ainda antes do fim — começou a falar dos desempenhos. Convidei-a para um copo. Foi actriz durante alguns anos, depois de sair da universidade.

— Era uma feira de gado, querido. Não aguentei ser comparada com outras pessoas.

Alguns dias depois de nos termos conhecido, estava sentada, de pernas cruzadas, no chão da minha casa, enquanto os meus companheiros anotavam nomes de directores de *casting* que ela os aconselhava a contactar. Encaixava facilmente no meu mundo de agentes, audições, guiões e na confusão de jovens cuja vida depende do acaso, da aparência e da capacidade de resistir a grandes quantidades de incerteza. Não se tratava apenas de gostar da vida semi estudantil, de fumar droga, da promiscuidade confusa e do exibicionismo, mas parecia invejar e sentir falta de tudo isto.

— Se eu pudesse ficar, — dizia de forma teatral à porta.

— Então fica, — grito do cimo das escadas.

— Ainda não.

— Então quando?

— Diverte-te! Vive tudo o que puderes!

O nosso "caso" começou sem se anunciar. Ela telefonou-me — eu raramente lhe telefonava; pediu para me ver "às dez e dez no Scarsdale!" e eu fui, com apenas dez minutos para gozar da sua companhia. Certamente não tinha nada que fazer a não ser participar em *workshops* de teatro e ler peças e biografias de actores. Às vezes íamos para a cama. Sexualmente diz e faz tudo com o mesmo entusiasmo de alguém que corre ou dança. Nem sempre estou certo de que ela está totalmente presente; às vezes tenho que lhe lembrar que não está sozinha no palco.

Vamos frequentemente ao teatro à tarde, e depois a um *pub* para discutir os textos, os desempenhos e a realização. Ela leva-me a ver peculiares grupos de teatro europeus que utilizam o grotesco, as máscaras e uma linguagem inarticulada; inicia-me na arte da dança e da representação. Quando se despede com um beijo e vai para casa, ou sai para se encontrar com o marido, encontro-me com actrizes, raparigas que trabalham na TV, estudantes e *au pairs*. Estas pessoas ajudam-me a não ter tantas saudades de Florence. Mesmo assim não consegui fugir a uma noite de álcool e tristeza, em que chorei e odiei a sua inacessibilidade. Há mais de dois anos que não tenho uma namorada a sério. A última mulher com quem vivi tornou-se apenas numa amiga; faltou velocidade e futuro à relação. A minha vida tem muitas vezes tendência a estagnar, e Florence reconhece-o.

Tinha tido algumas dificuldades em separar-me das minhas raízes no sul de Londres. Os homens com quem cresci eram duros e fanfarrões, bramindo a sua ignorância e rudeza. Acreditavam que a agressão era a sua ferramenta mais necessária. Ao deixar a escola, transformavam-se em vilões e ladrões. Na casa dos vinte, quando tinham filhos, voltavam-se para o negócio de carros, para a construção e a "segurança". Continuavam a ir a jogos de futebol e a beber em quantidades industriais, perseguidos por desejos adolescentes, nos quais se tinham tornado viciados. O que eu quero fazer — representar — significa uma ambição inexplicável que os intimida e, pela sua natureza, os ultrapassará inevitavelmente. Não estou a dizer que não existam actores da classe trabalhadora. Espero desempenhar muitos papéis. Quero transformar-me até me tornar irreconhecível. Mas não serei um daqueles actores para quem pertencer à classe trabalhadora é decreto. Não quero fazer de polícia nem de criminoso em séries de TV.

Quando estou no *pub* com estes amigos tento manter o sotaque e as atitudes do meu passado, mas eu consegui emergir do anonimato e perante isso eles são desdenhosos e provocadores.

— Faz um discurso, Larry. Beber ou não beber, eis a questão! — Recitam eles, puxando-me a camisa cara. Estou quase a começar uma feia discussão devido a umas ideias divergentes sobre o que eu deveria ser. Começo a considerá-los uns cobardolas, vivendo as suas vidinhas, cheios de conversa fiada, sem fazerem nada nem irem a lado nenhum. Só mais tarde é que Florence me ensinou que grande parte do sucesso assenta na capacidade de aguentar a inveja e o simples facto de não gostarem de nós.

Não sou culto. Mesmo quando o constata, Florence nunca faz comentários acerca da minha ignorância. Ela própria consegue ser fútil e frívola; uma vez fez compras durante dois dias. No entanto, leva-me a ver os filmes mais eruditos. O *Lágrimas e Suspiros* de Bergman, por exemplo, ela acha necessário que ambos absorvamos pela repetição; é como se cantasse com o filme ou, no caso deste trabalho, murmurasse. Ela não categoriza estas coisas no domínio da arte, como eu faço, mas usa-os como objectos de utilização imediata.

Florence mudou o rumo da minha vida praticamente assim que nos conhecemos. A Royal Shakespeare Company tinha-me oferecido um contrato de dois anos. Ia partilhar um chalé em Stratford. Ela sentar-se-ia comigo nas margens do Avon. Eu até já tinha festejado com alguns amigos no Joe Allens e o meu agente estava a trabalhar no contrato.

Para celebrar com Florence, levei-a a almoçar. Tinha lido numa revista que o restaurante era um dos mais elegantes de Londres, mas ela baloiçava-se desconfortavelmente na cadeira. Devia ter-me lembrado de que ela não gosta de comer — consegue ser tão magra e ter o peito tão liso como as bailarinas. Certamente não gosta de se sentar a comer rodeada de pessoas que já viu na televisão e considera pomposas e sem talento.

— Devo dizer-te que tens que desistir da oportunidade de Stratford, — disse ela.

— É o sonho de todos os actores, Florence.

— Rob, não sejas tão vulgar. Eles são demasiado pequenos, demasiado pequenos, — disse ela. — Não é só esse fato que estás a usar, mas os papéis. Ir para a Royal Shakespeare Company será uma perda de tempo. — Deu-me umas pancadinhas no nariz com a unha.

— Ah.

— Tens que me dar ouvidos.

E dei.

O meu agente ficou estupefacto e furioso. Sem saber de todo porquê, segui o conselho de Florence. Em breve vejo-me a desempenhar grandes papéis em sítios pequenos: Biff em *Death of a Salesman*, em Bristol; o papel principal numa nova peça em Cheltenham; Romeu em Yorkshire.

Uma vez veio com uma amiga de comboio ver uma estreia e voltámos juntos já tarde, a beber vinho em copos de plástico. Ela analisou o meu desempenho de forma tão minuciosa que fiz alguns apontamentos.

— Houve alguns momentos horríveis em que tentaste fazer-nos rir da personagem que estavas a representar, — disse ela. — Pensei, se ele fizer aquilo mais alguma vez, vou à bilheteira e peço o meu dinheiro de volta!

Suponho que a crítica me lembrava da minha dependência dela. No entanto, quando acabou, e eu estava praticamente arrasado, continuou a olhar para mim com a mesma intensidade de desejo e amor.

Para ela não havia problema em que eu aceitasse papéis pequenos na televisão ou em filmes. Tinha que me habituar à câmara para me poder concentrar no cinema:

— Como o Gary Oldman e o Daniel Day-Lewis.

Ela disse que percebia do que é que as mulheres gostariam em mim no ecrã. Também disse que a maioria dos actores vêem apenas momentos; eu tinha que aprender a desenvolver um papel ao longo do filme. Disse-me para aprender o máximo que pudesse, pois quando as coisas começassem a arrancar, tudo aconteceria muito depressa. Sugeriu até que eu deveria realizar filmes, dizendo:

— Se fores tu a gerar o teu próprio trabalho sentirás outro tipo de prazer.

Tal como os meus amigos na escola de teatro, tinha a cabeça cheia de esquemas e fantasias. Sempre me impressionaram as pessoas que vivem com deliberação; mas a ambição ou o desejo no mundo provocam-me apreensão. Tenho medo daquilo que quero, de onde me pode levar e daquilo que pode fazer os outros pensarem de mim. No entanto, como explica Florence, como é que são construídas as catedrais e os bancos, eliminadas as doenças, esmagados os ditadores, ganhos os jogos de futebol — sem a frustração e o desejo de a contornar? As coisas simples têm muitas vezes que ser explicadas. Florence enche-me de esperança, mas certifica-se de que essa esperança assenta sempre no possível.

Sei muito pouco acerca dos sonhos de Florence e do tipo de mundo em que vive com Archie, o seu "detentor"; duvido que seja prisioneira numa espécie de *casa de bonecas*. No centro da cidade, onde eu vivo, verifica-se uma ininterrupta continuidade inglesa: são os "boémios" de Londres. Há uma indolência e um descuidado bastante caros, mas o dinheiro para as casas de campo, para as *villas* em França e nas Caraíbas, para as festas, a ópera, as excursões e os fins de semana fora, esse nunca acaba. As pessoas aqui conheciam-se umas às outras durante gerações; os pais eram amigos e amantes nesses tempos de álcool, os anos cinquenta e sessenta. Talvez Florence se tenha perdido numa situação de que não gosta ou não entende inteiramente, mas quando chama ao mundo do marido o "mundo adulto", repudio a ideia de que considera o meu um mundo infantil. Na minha opinião ela não se sente confortável naquele mundo intransigente mas não é capaz de viver de acordo com a sua própria vontade.

— Rob, — digo.

O marido de Florence estende-me a mão exibindo dois anéis. Mal consigo suportar tocar-lhe, e ele deve achar-me húmido de apreensão.

— Archie O'Hara. Já cá tinha estado antes?

— Não Vim para cá para descansar um pouco.

Ficamos ali sentados e Martha olha para nós como se já nos conhecêssemos todos há muito tempo. Archie traz um casaco azul, uma camisa branca e umas calças de bombazina amarelas; o seu rosto é suave e bem alimentado. Uma vez que Florence escolheu ficar com ele — a maior parte do tempo — deve, imagino, ter algumas qualidades fora do comum. Será completamente diferente de mim, ou parecer-se-à comigo de alguma forma que eu não consigo captar? Talvez venha a aprender.

— Quanto tempo vai ficar?

Inala fumo do charuto sem dizer nada.

Martha diz:

— Se quiser posso sugerir-lhe uns sítios para ir e umas coisas para ver.

Archie diz:

— Obrigado, mas tenho estado a pensar em comprar outra casa de campo. Herdei uma mansão, como lhe chamam hoje em dia, com uma data de japoneses a fotografaram-me pelas janelas. Às vezes apetece-me lá sentar de vestido e tiara. A minha mulher diz que não nos podemos sentar sem que os nossos traques se misturem com o pó de uma dúzia de séculos. Por isso devemos ter que dar umas voltas por aí.. imobiliárias e isso.

Pergunto:

— A sua mulher gosta do campo?

— As mulheres de Londres têm fantasias sobre os campos. Mas ela sofre de febre dos fenos. Não vejo qual é a utilidade de ir para um sítio onde não conhecemos ninguém. Aliás, eu não vejo utilidade em nada.

Inclina a cabeça para trás e ri.

— Está deprimido?

— Você já notou, não já? — Suspira. — É o fixar o olhar no rosto das pessoas, como uma garganta cortada. — Diz ele passado algum tempo. — Não é que eu me vá suicidar. Mas já agora podia.

— Uma vez fiquei assim durante dois anos.

Aperta-me o braço como Florence faz às vezes:

— E agora já lhe passou?

Dou umas pancadinhas no balcão de madeira:

— Já.

— É óptimo ouvir isso. Agora é um homenzinho feliz, não é?

Estou prestes a informá-lo de que está a voltar, provavelmente como consequência de o ter conhecido. Mas isto é desespero, não depressão. Estas distinções são monumentais.

Discutimos o vazio; o medo de viver; a criação da terra do desperdício; o denegrir do valor e do significado. Disse-lhe que a melancolia fazia parte da minha cena interior e que era assim que eu via o mundo, até me virar contra ele.

Anuncio:

— As pessoas tornam-se doentes quando não estão a levar a vida que deviam levar.

Dá uma pancada no balcão:

— Quão banal, mas verdadeiro.

O bar já está quase vazio. Martha recolhe os copos, varre o chão e limpa o balcão. Continua a servir-nos brandis.

Olha-nos e diz:

— Não se ouvem muitas conversas inteligentes por aqui.

— O que é que acha da meditação? — Pergunta ele. — Uma chinesice sem importância ou a fonte da verdade?

— Ajuda-me a concentrar, — respondo. — Sou actor.

— Há muitos actores por aqui. Esbarram connosco por todo o lado, sempre a falar de cenários e essas coisas.

Pergunto:

— Conhece muitos actores? ou actrizes?

— Respira dez vezes, ou apenas quatro, — diz, — durante a meditação?

— Quatro, — respondo. — Ficamos com menos tempo para nos perdermos.

— Quem é que lhe ensinou?

A sua mulher, estou prestes a dizer.

— Tive uma óptima professora, — digo em vez disso.

— Onde é que teve as aulas pode dizer-me?

— A mulher que me ensinou conheci-a por acaso, um dia, num cinema. Ela pareceu gostar de mim instantaneamente. Gostei do facto de ela ter gostado de mim. Conduziu-me, posso dizê-lo.

— A sério? — Diz Martha, inclinando-se sobre o balcão.

— Só então me pegou na mão e me disse, com alguma tristeza, que era casada. Pensei que por mim não haveria problema. De qualquer forma ensinou-me algumas coisas.

Martha disse:

— Ela não lhe contou que era casada?

— Contou, claro. Antes de irmos para a cama.

— Momentos antes? — Perguntou Martha. — Deve ser uma pessoa horrível.

— Porquê?

— Para lhe fazer uma coisa dessas! Gostava que ela deixasse o marido?

— Para quê? Não sei. Nunca pensei nisso.

Archie ri:

— Espere até ele o apanhar.

— Espero não o estar a empatar, — digo a Archie.

— A esta hora a minha mulher já deve estar no segundo sono. Hoje já não vou cumprir o meu dever conjugal.

— Ela deita-se normalmente a esta hora?

— Não consigo tirar aquela mulher da cama.

— E ela lê na cama? Romances?

— O que é que você é? Bibliotecário?

Digo:

— Gosto de informações básicas acerca das pessoas. Os factos, não as opiniões.

— Claro. Pode-se dizer que esse é um interesse básico nas pessoas. E você ainda não perdeu isso?

— Você já?

Ele pensa um pouco.

— Talvez você estude as pessoas por ser actor.

Martha acende um cigarro. Tornou-se pensativa.

— Não é apenas isso. Sei bem que não é. É uma desculpa para olhar. Mas olhar é que é o importante. — Vira-se para mim com um sorriso.

— Você pode muito bem ter razão, minha querida, — diz Archie. — As coisas são raramente lineares.

Para meu benefício ela dirige-lhe um ar zangado e eu sorrio-lhe.

— É melhor ir-me embora, — diz ele. — Já devia ter ido.

Eu queria perguntar-lhe mais coisas.

— O que é que faz a sua mulher? Já alguma vez a viu representar?

— Disse-lhe que ela foi actriz, não disse? Não me lembro nada. Nunca digo isso, uma vez que nem sequer é verdade. Gosta de mulheres, ãh?

— Desculpe?

— Vi como a minha mulher lhe agradou no comboio. — Desce do banco e cambaleia um pouco. — Quando estou sentado parece que estou óptimo. É melhor ajudar-me a subir as escadas.

Encontra o meu ombro e agarra-se a ele. É pesado e apetece-me deixá-lo cair. Não gosto de estar assim tão perto dele.

— Eu ajudo, — diz Martha. — Não é longe. Os vossos quartos são um ao lado do outro.

Um de cada lado, levamo-lo escadas acima. Dá os últimos passos com uma independência cuidadosa.

À porta vira-se para trás:

— Dê-me uma ajuda dentro do quatro. Não conheço a disposição. Pode estar escuro como breu, com os dentes da minha mulher como único foco de luz.

Martha pega na chave e abre-lhe a porta.

— Boa noite, — digo.

Não o acompanho para o interior do quarto.

— Ei! — Cai para o lado de dentro.

Aceno a Martha.

— Archie, — diz Florence, surpreendida, do meio da escuridão. — És tu?

— Quem é que querias que fosse, porra? Despe-me!

— Archie!

— É o teu dever de esposa!

Aninho-me contra a parede como se fosse uma gárgula e penso nela a despir aquele montículo humano. Agora que o vi a sua voz tornou-se mais nítida.

Ouço-o dizer:

— Estive a falar com alguém...

— Quem?

— Aquele rapaz do quarto ao lado.

— Qual rapaz?

— O actor, idiota. Estava no comboio. Agora está no hotel!

— Ai está? Porquê?

— Como é que queres que eu saiba?

Ele liga o televisor. Eu nunca o faria estando Florence a dormir. Penso nela dormindo. Sei exactamente como fica o seu rosto.

Na manhã seguinte o quarto ao lado está silencioso. Percorro o corredor desejando não esbarrar com Florence e Archie. As empregadas estão a começar a limpar os quartos. Cruzo-me com pessoas nas escadas e digo:

— Bom dia. — O hotel cheira ao óleo de limpeza dos móveis e a alimentos fritos.

Encontro-os à porta da sala do pequeno-almoço. Sorrimos uns para os outros, deslizo para dentro e asseguro uma mesa atrás de um pilar. Abro um jornal e peço eglefim, tomates, cogumelos e batata frita.

A noite passada sonhei que tinha um esgotamento nervoso; que andava às voltas numa cidade estrangeira incapaz de considerar qualquer tipo de pensamento ou acção, sem saber quem era ou para onde ia. Pergunto-me se não me quererei incapacitar em vez de considerar seriamente o que deveria fazer. Tenho que me lembrar continuamente de que este tipo de desespero conduz à depressão. É melhor fazer alguma coisa. Depois do almoço apanho o comboio de volta para Londres.

Estou a pensar que é provável que nunca mais veja Florence, quando de repente ela se materializa.

— O que é que estás a fazer? O que é que estás a pensar fazer? Oh, Rob, diz-me.

Está muito perto de mim, a respirar-me para cima; o cabelo dela toca-me no rosto, a mão dela na minha mão, e eu quero-a de novo, mas odeio-a, e odeio-me a mim próprio.

— E tu, o que é que tu estás a pensar fazer? — Pergunto.

— Vou convencê-lo a ir-se embora.

— Quando?

— Agora. Ele vai apanhar o comboio da tarde.

— Sem dúvida vai viajar ao meu lado.

— Mas nós podemos falar e ficar juntos! Faço tudo o que tu quiseres.

Dirijo-lhe um olhar de dúvida. Ela diz:

— Não te vás embora hoje. Não me faças isso.

Por algum motivo, um homem que eu nunca tinha visto antes, com um crachá na lapela a dizer "Gerente", está em pé ao lado da minha mesa.

— Desculpe, — diz ele.

Florence não nota a sua presença:

— Imploro-te, — diz ela. — Dá-me uma chance. — Beija-me. — Prometes?

— Desculpe, — diz o gerente do hotel. — O carro que pediu já está lá fora. — Olho-o fixamente. Parece pensar que somos um casal. — O carro de aluguer, ideal para um homem e uma mulher, em passeio.

— Ah, claro, — digo.

— Gostariam de ir vê-lo agora?

Com um aceno, Florence vai-se embora. Lá fora dou uma olhadela na banheira familiar de quatro portas, escolhida num momento de distracção romântica. Sento-me lá dentro.

Depois do pequeno almoço vou de carro até Lyme Regis e dou um passeio pelo Cobb; mais tarde vou até Charmouth, subo a falésia e olho o mar. Começo a sentir-me como se estivesse de férias com os meus pais, sendo já demasiado velho para isso.

Volto para o hotel para mais uma vez me despedir de Florence. Na estufa, a ler jornais, encontro Archie, usando um *blaser* por cima de uma *T-shirt*, calções castanhos com meias e sapatos pretos, com o aspecto de alguém que se vestiu para o escritório mas se esqueceu das calças.

Quando me afasto, na esperança de que não me tivesse reconhecido e, caso tivesse, que não se lembrasse de quem eu era, diz-me:

— Teve uma manhã agradável?

À sua frente tem uma garrafa de vinho meio vazia. O seu rosto está coberto por uma brilhante camada de suor.

Digo-lhe onde estive.

— É um rapaz muito ocupado, — diz.

— E você? Ainda está por aqui.

— Caminhámos um pouco e até lemos livros. Estou mesmo muito feliz por ter vindo.

Deita vinho num copo e dá-mo.

Digo:

— Acha que ainda vai ficar por cá mais algum tempo?

— Só se isso o irritar.

A mulher dele entra pela outra porta. Pisca várias vezes os olhos, abre-se-lhe a boca, depois parece bocejar.

— O que é que tens? — Pergunta-lhe o marido.

— Cansada, — murmura. — Acho que me vou deitar.

Ele pisca-me o olho:

— Isso é algum convite?

— Desculpe, desculpe, — diz ela.

— Porque que raio é que estás a pedir desculpa? Atina, Florrie. Falei com este jovem a noite passada. — Toca-me com o dedo. — Você disse uma coisa — Olha para o horizonte, massajando as têmporas. — Você disse se vivêssemos os desejos, os impulsos no nosso interior, romperíamos com aquilo que criámos para viver uma vida nova. Mas haveria consequências sérias. A palavra não me saiu da cabeça durante toda a noite. Consequências. Nunca fui capaz de viver essas coisas. Tentei afastá-las, mas não consigo. Tenho uma imagem de encafuar muitas coisas numa mala que não fecha, que é demasiado pequena. Isso é a minha vida. Se tivesse vivido de acordo com aquilo que pensava tudo se desmoronaria

Noto que Florence e eu temos estado a olhar um para o outro. Por vezes olhamos para alguém em vez de lhe tocar.

Ele olha-me com curiosidade:

— O que é que se passa? Já conhece a minha mulher?

— Não.

Eu e a minha amante damos um aperto de mão.

Archie diz:

— Florrie, ele não tem sido feliz no amor. Mulher casada e tudo isso. Temos que o animar.

— Ele é infeliz? — Diz ela. — Tens a certeza? As pessoas deviam animar-se. Não acha Rob?

Faz-me um gesto com o dedo em forma de gancho e vai-se embora. O marido pondera a sua vida irreal. Assim que a cabeça lhe volta a aterrar nas mãos, desapareço, subindo as escadas a correr.

O meu amor passeia-se pelo corredor.

— Anda.

Puxa-me o braço; abro a porta do meu quarto com mãos trémulas; ela empurra-me para o quarto e depois para a casa de banho. Abre o chuveiro e as torneiras, puxa o autoclismo e cai-me nos braços, beija-me o rosto, o pescoço, o cabelo.

Estou prestes a pedir-lhe que se venha embora comigo. Podíamos embalar as nossas coisas, metermo-nos no carro e partir antes que Archie levantasse a cabeça e enxugasse os olhos. A ideia queima-me; se falar posso mudar as nossas vidas.

— O Archie sabe.

Chego-me para trás para a poder ver:

— Do tipo de relação que temos?

Assente abanando a cabeça:

— Ele anda a espiar-nos. Observa-nos.

— Porquê?

— Quer ter a certeza antes de tomar uma atitude.

— Que atitude?

— Antes de nos apanhar.

— Apanhar-nos? Como?

— Não sei. É uma tortura, Rob.

Isto de facto pô-la completamente doida; acho este tipo de paranóia abominável. A realidade, seja ela qual for, é a âncora certa. No entanto, eu próprio tenho andado a considerar a mesma ideia. Não acredito nela, mas por outro lado acredito.

— Não me importo nada que ele saiba, — digo. — Já estou farto disto.

— Mas não podemos desistir!

— Do quê? Porque não?

— Há algo entre nós que vale a pena.

— Já não sei nada Florrie. Florence.

Ela olha-me e diz:

— Amo-te, Rob.

Nunca o tinha dito antes. Beijamo-nos longamente.

Fecho as torneiras e volto para o quarto. Ela segue-me e, não sei como, acabamos na cama. Puxo-lhe a saia para cima; em breve ela está sobre mim. Os nossos gemidos ficariam conhecidos na região. Quando acordo ela já não está.

Passeio na praia; há um vento forte. Inclino a cabeça para trás: chove--me nos olhos. Penso em Los Angeles, no meu trabalho e no que irá acontecer nos próximos meses. Uma parte da minha vida parece ter acabado, e eu estou à espera da vida nova.

Depois de jantar estou em pé no jardim, junto à sala de refeições, a fumar erva e a respirar o ar húmido. Decidi que já é tarde para regressar a Londres hoje. Ainda não falei com Florence desde que acordei, limitei-me a lançar uns olhares para dentro da sala de jantar onde ela e o marido ocupam uma mesa no centro. Hoje traz um vestido púrpura comprido. Ganhou de novo aquela aparência insistente e poderosa, uma pequena diva, com os empregados, tal como formigas, a moverem-se exclusivamente à sua volta por não lhe conseguirem resistir. Mais uma noite e todo o restaurante se renderá aos seus encantos sem grande esforço. Sei que virá ter comigo mais tarde. É apenas um desejo, mas será que ela também não o deseja? Talvez seja a nossa última oportunidade. O que é que acontecerá depois? Preparei as minhas coisas e virei o carro.

Há um movimento atrás de mim.

— Que cheirinho, — diz ela, inspirando.

Estendo os braços e Martha abraça-me por um momento. Ofereço-lhe o charro. Ela inala e devolve-mo.

— Em que é que estás a pensar?

— Na próxima semana vou para Los Angeles participar num filme.

— A sério?

— E tu?

Vive ali perto com os pais. O pai é professor de psicologia numa escola local, um alcoólico violento que há um ano não vai trabalhar. Um dia voltou-se contra Londres, como se a cidade o tivesse pessoalmente ofendido e insistiu que a família se mudasse de Kentish Town para o campo, separando-a de tudo o que conhecia.

— Eu e a moça da cozinha passamos a vida a especular sobre as pessoas que se hospedam aqui. — De repente pergunta. — O que é que se passa?

Vira-se e olha para trás. Enquanto Martha falava vi Florence sair para o jardim, olhar-nos por uns instantes e erguer as mãos no ar como se lhe tivessem pedido para representar por mímica o "desespero". Um lampejo de púrpura e desaparece.

— O que é?

— Diz-me o que é que imaginaste a meu respeito, — peço.

— Mas nós não sabemos o que é que estás a fazer aqui. Vais-me dizer?

— Não consegues imaginar? — Pergunto impacientemente. — Porque é que me estás sempre a perguntar essas coisas?

Ela ofende-se, mas eu tenho algum jeito para fazer com que os outros falem de si. Descobri que fez um aborto recentemente, o segundo; que tem uma mota; que os jovens andam com facas e copulam o máximo que podem; e que ela quer sair dali.

— O bar está fechado? — Pergunto.

— Está, mas posso-te ir buscar cerveja, se quiseres.

— Gostarias de beber uma cerveja comigo? — Convido.

— Mais do que uma, espero.

Beijo-lhe a face e digo-lhe para vir até ao meu quarto.

— Mas o que é que os teus pais vão dizer se te atrasares?

— Eles não se importam. Durmo cá muitas vezes, quando há quartos vazios e não me apetece ir para casa. — Diz ela. — Tens a certeza que não queres outra coisa? É mesmo cerveja?

— O que tu quiseres, — respondo. — Traz uma chave.

Ao subir as escadas olho para o salão da frente. No meio, Florence dança com o marido; ou melhor, ele apoia-se nela enquanto deambulam pela sala. O tabuleiro de *Scrabble*, com todas as letras, foi empurrado para o chão. A cabeça dele pendurada no ombro dela; em cinco anos estará careca. Florence vê-me e ergue uma mão, tentando não o incomodar.

Ele chama:

— Ei!

— Bêbado outra vez, — digo para ela.

— Sei muito bem o que você tem andado a fazer. A tramar! — Diz ele com um ênfase oblíquo.

— Quando?

— Esta tarde. Sesta. Você sabe.

Olho para Florence.

— As paredes são finas, — diz ele. — Mas não suficientemente finas. Fui lá para cima. Tinha que ir buscar uma coisa à casa de banho. Mas que entretenimento. Jigui jig, jigui jig!

— Fico feliz por poder entretê-lo, seu cabrão, — digo. — Gostaria que você pudesse fazer o mesmo por mim.

— O que é que o Rob estava a fazer esta tarde? — Pergunta Florence. — Não me deixem de fora da brincadeira.

— Ha, ha, ha! És uma tonta que nunca repara em nada.

— Não fale assim com ela, — digo-lhe. — Experimente falar assim comigo e vai ver o que é que leva em troca!

— Rob, — diz Florence de forma apaziguadora.

Archie dá uma pancada nas costas de Florence:

— Dança, minha carcaça!

Fixo o olhar nas costas dele. Está demasiado bêbado para se importar com o facto de estar a ser provocado para lutar.

Sinto-me como um intruso e lembro-me da sensação que tinha em criança quando visitava as casas dos amigos onde a mobília, os gracejos e a forma de fazer as coisas eram diferentes da minha casa. O mundo de Archie e Florence não é o meu.

Estou na cama à espera de Martha quando ouço Florence e Archie no corredor, a abrirem a porta do quarto deles. A porta fecha-se; oiço com atenção, pensando se Archie não terá caído no sono e Florence ficado acordada.

A porta abre-se e Martha entra com o tilintar de garrafas de cerveja num saco. Abrimos as janelas, deitamo-nos na cama a beber e a fumar.

Ela inclina-se sobre mim:

— Queres uma coisa destas?

Beijo-lhe a mão fechada e abro-lha.

— Eu sei o que é, — digo. — Mas nunca tomei nenhum.

— Eu até vir para cá também nunca tinha tomado, — diz ela. — Estes *ecstasies* são bons.

— Vai buscar água à casa de banho.

Entretanto afasto a cadeira da parede e começo a empurrar a cama.

— Vamos pôr isto aqui contra a parede, — digo quando ela volta.

Martha começa a ajudar-me, uma rapariga entusiástica, com braços grossos.

— Porque é que queres isto assim? — Pergunta.

— Acho que vai ser melhor para aquilo que nós queremos.

— Certo, — diz ela. — Certo.

Alguns minutos depois estamos outra vez deitados, desta vez nus, batem à porta. Abraçamo-nos como crianças assustadas, escutamos sem dizer nada. Batem de novo. Martha não quer perder o emprego esta noite. Depois param de bater. Nem sequer ouvimos passos.

Quando voltamos a respirar, sussurro debaixo dos lençóis:

— O que é que achas do casal do quarto ao lado? Já falaste sobre eles com a tua amiga? Achas que estão bem um para o outro?

— Gosto dele, — diz ela.

— O quê? A sério?

— Faz-me rir. Ela é linda mas perigosa. Gostavas de a comer?

Rio:

— Nunca pensei nisso.

— Ouve, — diz ela, pondo o dedo à frente dos lábios.

Nenhum de nós se mexe.

— Eles estão a fazer. No quarto ao lado.

— Sim, — digo eu. — Pois estão.

— São muito silenciosos, — diz ela. — Só o oiço a ele.

— Ele está a fazer sozinho.

— Não. Ouve lá está ela. Um pequeno suspiro. Consegues ouvi-la agora? Toca-me.

— Espera.

— Vá, vá.

— Martha

— Por favor

Vou à casa de banho e lavo a cara. A droga começa a fazer efeito. Parece *speed*, que eu tomava com os meus amigos nos subúrbios. No entanto, esta droga abre outra janela: faz-me sentir mais só. Volto para o quarto e ligo o rádio. Devo-o ter posto muito alto. Devemos ter feito muito barulho. Martha é incansável a fazer amor. Mais tarde há uma tempestade. Uma brisa sobrenatural, fresca, estranhamente calma e fria areja-nos.

Martha desce cedo para fazer os pequenos almoços. Ao nascer da manhã corro pela praia até à exaustão; depois páro, ando um pouco, e volto a correr, sempre consciente do romper da aurora do mundo. Tomo um duche, faço as malas e desço para o pequeno-almoço.

Florence e Archie estão na mesa ao lado. Archie estuda um mapa; Florence mantém-se cabisbaixa. Parece não se ter penteado. Quando Archie se ergue para ir buscar qualquer coisa e ela levanta o olhar, o seu rosto é como uma máscara, como se tivesse desocupado o corpo.

Depois do pequeno-almoço, ao recolher as minhas coisas, noto que a porta do quarto deles foi entreaberta e tem uma cadeira a segurá-la. A empregada estava a trabalhar noutro quarto. Olho para o interior, para a cama desfeita, entro no meu quarto, tiro a camisola e as luvas de Florence da minha mala e levo-as para o quarto deles. Detenho-me lá dentro por momentos. Os sapatos dela estão no chão, o perfume, o colar e as canetas na mesinha de cabeceira. Enfio a camisola pela cabeça. É apertada e as mangas demasiado curtas. Calço as luvas e mexo os dedos. Coloco-as na cama.

Tiro uma tesoura do seu *necessaire* na casa de banho e corto o dedo do meio de uma das luvas. Volto a colocar o dedo cortado na posição original.

Ao seguir, aos solavancos pelo trilho da quinta em direcção à estrada principal, saio do carro, olho para o hotel, na orla do mar e considero regressar. Odeio separações e fins. Sou demasiado bom a aguentar situações e é esse o meu problema.

Londres parece ser feita apenas de materiais rígidos e o pó não consegue assentar na cidade; tudo é angular, particularmente as pessoas. Vou para casa dos meus pais e deito-me na cama; parto para Los Angeles dentro de alguns dias. Cá estou eu, mais um jovem actor, mas pelo menos um jovem actor com emprego. Quando voltar a Londres, vamos todos sair do apartamento e eu terei pela primeira vez a minha própria casa.

Tomei o gosto a sair cedo para tomar café, com o meu filho no carrinho, enquanto a minha mulher dorme. Conheço frequentemente outros homens cujas mulheres também precisam de dormir e às oito da manhã aos domingos bebemos batidos de chocolate no McDonalds, o único sítio aberto na desolação da cidade. Falamos dos nossos filhos e fazemos queixas das nossas mulheres. Depois vou até ao parque, normalmente sozinho, para poder estar com o bebé sem a minha mulher por perto. Temos ideias completamente diferentes sobre a educação dele; ela não vê o quão importantes essas diferenças podem ser para o nosso filho. São raros os momentos de paz que temos em casa.

E é no parque que vejo Florence pela primeira vez depois das nossas "férias". Parece passar à minha frente como um raio, tal como fez há nove anos à frente da janela do comboio. Por um segundo considero deixá-la regressar à minha memória, mas estou demasiado curioso para isso.

— Florence! Florence! — Chamo outra vez até que ela se vira.

Diz-me que, depois de ter visto um dos meus filmes na televisão, tem pensado em mim e esperava que nos encontrássemos.

— Tenho seguido a tua carreira, Rob, — diz ela, enquanto nos olhamos.

Chama o filho e ele fica em pé ao lado dela; segura-o pela mão. Ela e Archie compraram uma casa do outro lado do parque.

— Até fui ver as peças. Sei que é impossível, mas cheguei a pensar se alguma vez me tinhas conseguido ver do palco.

— Não. Mas perguntava-me se te interessarias pelo meu trabalho.

— E como é que eu poderia não me interessar?

Rio e pergunto:

— Como é que eu estou?

— Melhor, agora que apareces menos. Já deves saber, não te importas que eu te diga estas coisas?

Abano a cabeça:

— Tu conheces-me bem, — digo.

— Eras um actor intenso. Esgotaste todos os caminhos. Ainda gosto de ti. — Hesita. — Gosto mais, quero dizer.

Ela está igual, mas como se lhe tivesse sido raspada uma camada saudável de gordura do rosto, vincando as saliências dos ossos por baixo. Está ainda mais pequena; parece um pouco delicada, ou frágil. Ela sempre foi delicada, mas agora move-se com cuidado.

À medida que falamos lembro-me que a desiludi, mas não me consigo lembrar dos pormenores. Ela esteve continuamente no meu pensamento durante os meses que se seguiram às nossas "férias", mas descobri que a memória era menos tenaz depois de contar a história a um amigo como um relato das loucuras e vicissitudes de um jovem. O riso dele fez-me esquecer — não há nada tão digno de perdão como uma piada.

No entanto, muitas vezes senti falta dos conselhos e apoio de Florence, particularmente quando a imprensa se interessava demasiado por mim e começava a escrever histórias falsas. Nos últimos anos tenho tido óptimos papéis, tenho sido elogiado e muito bem pago. No entanto, o meu sentido de mim próprio não acompanhou a alteração. Tenho andado a diminuir-me e a afastar a felicidade. "Não mudaste nada com o sucesso" dizem-me como um elogio.

Quando nos despedimos, Florence diz-me quando voltará ao parque.

— Aparece, está bem? — Pede-me. Quando chego a casa aponto a hora e o dia, escondendo a folha no meio de uma pilha de papéis.

Estamos ambos muito cautelosos um com o outro e só engendramos conversas de circunstância; no entanto, gosto de me sentar ao lado dela num banco de jardim ao sol, ao pé do salão de chá, enquanto o seu filho de oito anos joga futebol. É um miúdo magoado e desconfiado, com o cabelo pelos ombros, que se recusa a cortar. Gosta de lutar com crianças mais velhas e ela não sabe o que fazer com ele. Sem ele talvez se tivesse afastado.

Actualmente tenho poucos amigos e agradeço a sua companhia. O telefone não pára de tocar, mas é raro sair ou convidar alguém para vir a minha casa, uma vez que ganhei uma certa fobia às pessoas. Não sei explicar o que imagino em relação aos outros, mas a mente humana é raramente clara nas suas interpretações. Talvez me sinta vazio, logo após ter representado o papel principal num filme.

Durante o dia gravo peças radiofónicas e livros falados. Gosto de aprender a usar a minha voz como um instrumento. Provavelmente passo demasiado tempo sozinho, pensando que me posso bastar em todos os aspectos. O meu médico, com quem costumo beber uns copos, é adepto entusiástico dos comprimidos e da boa disposição. Diz que se eu não consigo ser feliz com aquilo que tenho, nunca o vou ser. É capaz de negar os factos úteis do conflito humano e insiste que eu tome antidepressivos, como se eu preferisse ficar paralisado a conhecer as minhas facetas interiores mais terríveis.

Depois de me interrogar durante meses porque é que acordava triste todas as manhãs, resolvi fazer terapia. Estou consciente, em parte devido à minha relação com Florence, de que aquilo que não conseguimos revelar é o mais perigoso dos segredos. Começo apenas a entender a teoria da psicanálise, contudo inspira-me a ideia de que não vivemos num ponto preciso de consciência mas existimos em todas as áreas do nosso ser simultaneamente, particularmente na área dos sonhos. Até me começar a deitar no consultório do Dr. Wallace, nunca tinha tido conversas tão longas sobre as questões pessoais mais profundas. Para mim a análise — duas pessoas a conversar — é o "apogeu da civilização". Deitado na cama começo a recordar o meu caso com Florence. É mais um sonhar acordado — voos de Coleridge de uma especulação sem regras — do que uma reflexão cuidada, como se estivesse a estabelecer um assunto para a noite. Tudo volta nesta idade da ponderação, particularmente a infância.

Numa tarde de Outono, depois de já nos termos encontrado umas quatro ou cinco vezes, chove, por isso eu e Florence sentamo-nos no húmido salão de chá. Os únicos clientes além de nós são um casal de idosos. O filho de Florence está sentado no chão a desenhar.

— Não podemos beber uma cerveja? — pergunta Florence.

— Aqui não há.

— Que raio de país.

— Queres ir a outro sítio?

Ela diz:

— Apetece-te dar-te a esse trabalho?

— Na.

Antes tinha-lhe notado um cheiro a álcool. É um refúgio que eu reconheço; eu próprio comecei a emprestar mais propósito ao acto de beber.

Quando estou no balcão a pedir o chá, vejo Florence segurar o menu com os braços esticados; depois aproxima-o mais do rosto e volta a afastá-lo, procurando a distância a que se tornará legível. Antes tinha reparado num estojo de óculos dentro da mala dela, mas não me tinha apercebido que eram óculos de ver ao perto.

Quando me sento, Florence diz:

— Ontem à noite eu e o Archie fomos ver o teu novo filme. Foi embaraçoso estar sentada ao lado dele a olhar para ti.

— O Archie lembrava-se de mim?

— No fim perguntei-lhe. Lembrava-se do fim de semana. Disse que tu tinhas muito mais substância que a maioria dos actores.Ajudaste-o.

— Espero bem que não.

— Não sei sobre o que é que vocês falaram naquela noite, mas alguns meses depois da vossa conversa, o Archie deixou o emprego e foi trabalhar para uma editora. Aceitou uma diminuição de salário, mas estava determinado a fazer um trabalho que não o deprimisse. Por muito estranho que pareça, provou ser muito bom nessa área. Está-se a sair muito bem. Tal como tu.

— Eu? Mas isso devo-o exclusivamente a ti. — Quero dar-lhe o crédito devido por me ter ensinado algo sobre autoconfiança e autodeterminação.

— Sem ti nem sequer teria tido um começo tão bom

Os meus agradecimentos provocam-lhe um certo desconforto, como se lhe estivesse a recordar uma capacidade que ela não se queria lembrar que estava a desperdiçar.

— Mas é o teu conselho que eu quero, — diz ela ansiosamente. — Sê sincero, como eu fui contigo. Achas que eu posso voltar a representar?

— Estás a considerar isso seriamente?

— É a única coisa que eu quero para mim.

— Florence, lemos coisas juntos há anos, mas nunca te vi no palco. Além disso, o teatro não é uma profissão para a qual se possa voltar assim, sem mais nem menos.

— Comecei a enviar fotografias minhas, — continua. — Quero ter grandes papéis. As mulheres de Chekhov e Ibsen. Quero gritar e enraivecer-me com paixão e fúria. Isto tem alguma graça? Rob, diz-me se estou a ser parva. O Archie acha que é uma loucura da meia idade.

— Concordo plenamente com isso, — digo.

Quando nos despedimos toca-me no braço e diz:

— Rob, vi-te no outro dia. Acho que tu não me viste a mim, ou viste?

— Se te visse tinha-te falado.

— Estavas a fazer compras na charcutaria. Aquela era a tua mulher? A moça loira

— Não, era outra pessoa. Vive num quarto ali perto.

— E tu...

— Florence...

— Não me quero meter na tua vida, — diz ela. — Mas tu costumavas pôr a tua mão nas minhas costas, para me guiar, assim, através das multidões

Não gosto de ser reconhecido com a rapariga com medo que chegue aos jornais e aos ouvidos da minha mulher. Mas detesto ter que levar uma vida secreta. Estou confuso.

— Fiquei com ciúmes, — diz ela.

— Ficaste? Mas porquê?

— Tinha começado a pensar que podia não ser tarde demais para nós. Acho que gosto de ti mais do que de qualquer outra pessoa. É estranho, não é?

— Nunca te compreendi, — disse eu, irritado. — Porque é que casaste com o Archie e depois começaste a andar comigo?

É uma pergunta que eu nunca tinha tido coragem de fazer, com medo de que ela pensasse que eu a estava a criticar, ou de ter que ouvir um relato da sua rara compatibilidade.

Ela disse:

— Detesto admiti-lo, mas pensava, de forma algo supersticiosa, que o casamento resolveria os meus problemas e me faria sentir segura. — Quando rio, olha para mim de forma excessivamente séria. — Isto levanta uma questão que ambos temos que nos colocar.

— Qual é?

Olha brevemente para o filho e diz com voz suave:

— Porque é que tu e eu estamos com pessoas que não nos dão o suficiente?

Durante algum tempo não digo nada. Depois vem a piada que nem sequer é uma piada, mas que nos faz rir livremente pela primeira vez desde que nos voltámos a encontrar. Tenho estado a ler o relato de um actor contemporâneo da sua separação da companheira. É implacável e, talvez por ser verdade, foi criticado. A brincar digo a Florence que certamente o divórcio constitui um prazer subestimado. As pessoas falam da violência da separação, então e o prazer? O que é que poderia ser mais renovador do que nunca mais termos que nos deitar ao lado daquele corpo repugnante, nem ouvir aquelas queixas familiares? Um momento de libertação como este nunca deveria deixar de estar presente em nós, seria como perder a virgindade, ou tornarmo-nos milionários.

Estou em pé à porta da casa de chá e vejo-a ir-se embora pelo parque, debaixo das árvores; leva um guarda-chuva branco, dando passos tão leves que mal perturba os pingos de chuva na relva, o filho a correr à sua frente. Tenho a certeza de poder ouvir risos suspensos no ar como um espírito etéreo.

A próxima vez que a encontro dirige-se a mim rapidamente, beijando-me em ambas as faces e dizendo-me que tem uma coisa importante para me contar.

Levamos os miúdos para um *pub* com jardim. Tinha começado a gostar do seu rapaz de cabeça rapada, o Ben, não sabendo muito bem como falar com ele no início. Decidi que "como um ser humano" seria o melhor método. Sentámos o meu filho num casaco no chão onde não pára de agitar as mãos e as pernas arqueadas, nariz para baixo e rabo espetado. Ben chama a atenção dele e esconde-se; o riso do bebé faz-nos rir a todos. O prazer que dá aos outros aumenta o meu próprio prazer. Levou algum tempo, mas estou a habituar-me a servi-lo e a gozar da sua companhia, em vez de considerar aquilo que eu quero como o mais importante.

— Rob, arranjei trabalho, — diz ela. — Escrevi-lhes e tive uma audição. É num *pub* teatro, uma cave que cheira a cerveja e a humidade. Não há salário, só uma pequena percentagem dos bilhetes vendidos. Mas é um bom trabalho. É um óptimo trabalho!

Faz de mãe na peça *The Glass Menagerie*. Por coincidência, o *pub* é no fim da minha rua. Digo-lhe que estou feliz por ela.

— Vens-me ver, não vens?

— Claro que sim.

— Muitas vezes penso se ainda não estarás chateado por causa daquelas férias.

Nunca falámos sobre isso, mas agora ela está disposta a abordar o assunto.

— Pensei nisso milhares de vezes. Quem me dera que o Archie não tivesse vindo.

Rio. É demasiado tarde; o que é que isso pode interessar agora?

— Quer dizer, quem me dera não o ter levado. Estar sentada naquele comboio parado a olhar para a tua carranca foi o pior momento da minha vida. Pensei que ia enlouquecer. Tinha desejado tanto aquelas férias. Na noite antes de partir, o Archie perguntou-me outra vez se eu queria que ele fosse. Apercebeu-se da minha atrapalhação. Quando fazia as malas apercebi-me de que se viajasse contigo o meu casamento acabaria. Tu estavas prestes a ir para a América. O filme trar-te-ia sucesso. As mulheres andariam todas atrás de ti. Eu sabia que tu não me querias a sério.

Isto é difícil. Mas compreendo que Archie está demasiado centrado em si mesmo para se deixar perturbar por ela. Ele pede e consegue tudo. Não a vê como um problema que tem que resolver, como eu. Ela fez a opção sensata, encontrando um homem que não consegue levar à loucura.

Ela continua:

— Eu precisava mais da força e segurança do Archie do que propriamente de paixão, ou amor. Para mim aquilo *era* amor. Ele também perguntou se eu tinha um amante.

— Para provar que não tinhas, convidaste-o para ir contigo.

Põe a mão no meu braço:

— Eu agora faço tudo o que tu quiseres. Basta fazeres-me um sinal.

Não consigo pensar em nada que gostasse que ela fizesse.

Não a vejo durante algumas semanas. Estamos ambos em ensaios. Num sábado, a minha mulher, Helen, empurra o miúdo num carrinho pelo supermercado enquanto eu vagueio com um cesto na mão. Florence aparece numa esquina e começamos logo a falar. Está a adorar os ensaios. O encenador exige-lhe muito pouco.

— Rob, eu posso fazer muito mais! — Mas ele não estará com ela no palco, onde se sente "como uma rainha". — De qualquer forma tornámo-nos amigos, — diz ela com uma certa malícia.

Archie não gosta que ela represente; não gosta que seja olhada por estranhos, mas é suficientemente inteligente para a deixar perseguir os seus sonhos. Ela arranjou um agente; está à procura de mais trabalho. Acha que vai conseguir.

Depois dos nossos esposos terem arrumado as suas compras, Archie aproxima-se e somos mais uma vez apresentados. Está enorme; tem o cabelo espetado e o rosto rosado, as sobrancelhas parecem espigas de milho desanrranjadas por uma ventania. Helen olha-nos de lado, desconfiada. Eu e Florence estamos muito próximos um do outro; talvez um de nós esteja a tocar no outro.

Em casa fecho-me no meu quarto, esperando que Helen não bata à porta. Suspeito que não me vai perguntar quem é Florence. Vai querer tanto saber que não terá a coragem de descobrir.

Sem a ter visto, resolvo convidar algumas pessoas do cinema e do teatro para verem a peça de Florence. Ao beber uns copos no *pub* antes de começar vejo que, para surpresa do encenador, o teatro estará cheio; está a pensar de onde é que teriam saído todas estas pessoas elegantes com caríssimos sapatos de vela, misturados com os bebedores habituais, cotovelos apoiados no balcão salpicado a ver futebol na televisão com as cabeças levantadas, como se procurassem uma qualquer maravilha astronómica. Eu próprio fico apreensivo, questionando a minha confiança em Florence e pensando se em grande parte não será simplesmente gratidão pelo seu encorajamento de há uns anos atrás. Mesmo que eu tivesse posto de lado o meu julgamento, o que é que isso interessaria? Conhecemo-nos há tanto tempo que ela não deve ser avaliada ou criticada, é apenas um facto da minha vida. A última vez que nos encontrámos na casa de chá, disse-me que há dezoito meses lhe tiraram um tumor benigno que tinha atrás da orelha. O medo de que possa voltar deu-lhe uma nova energia.

Toca a campainha. Passamos por uma porta marcada com o letreiro "Teatro e Casas de Banho" e, às apalpadelas descemos os degraus íngremes e gastos até uma adega convertida em pequeno teatro. O programa resume-se a uma única folha de papel, distribuída pelo director à medida que entramos. A sala cheira a mofo e apesar da escuridão vê-se que tudo é feio e de má qualidade; tenho um pilar à minha frente onde podia descansar o queixo, se quisesse. Ouço alarmes de carros lá fora e do andar de cima chega o som de homens a cantar. Mas nesta sala apertada o silêncio é carregado de concentração e a esperança de uma magnificência caseira. Pela primeira vez em anos lembro-me da pureza e da intensidade do teatro.

Quando saio no intervalo reparo que Archie se arrasta escadas acima atrás de mim. No cimo, sem fôlego, agarra-se ao meu braço para recuperar a respiração. Peço uma bebida e vou para a rua para ficar sozinho. Receio que se os meus amigos, as pessoas "importantes", ficarem para a segunda parte, seja apenas por respeito à minha pessoa; e que se me falarem bem de Florence seja por adivinharem a relação subjacente. A profundidade e a paixão que Florence demonstra no palco são claras para mim. Mas sei que aquilo que um artista acha interessante sobre o seu trabalho, a parte que considera original e penetrante, não comove necessariamente a audiência, que pode até nem dar por isso, prestando apenas atenção à história.

A cabeça de Archie espreita pela porta do *pub*. Os seus olhos encontram-me e ele sai. Noto que traz o filho, Ben, com ele.

— Olá, Rob, onde é que está o Matt? — Pergunta Ben.

— O Matt é o meu filho, — explico a Archie. — Está na cama, espero.

— Por acaso vocês já se conhecem? — Pergunta Archie.

Dou uma puxadela no boné de *baseball* de Ben:

— De vez em quando encontramo-nos no parque.

— Na casa de chá, — diz o miúdo. — Ele e a mãe adoram conversar.

— Olha para mim. — Ela adorava entrar num filme teu. E eu também. Eu cá vou ser actor. Os miúdos lá da minha escola acham que tu és o máximo.

— Obrigado. — Olho para Archie. — E deve ser uma escola cara, aposto.

Ele fica quieto, a olhar noutra direcção, mas a cabeça está a trabalhar. Digo a Ben:

— O que é que achas da mamã na peça?

— Brilhante.

— Qual é a sua opinião sincera? — Pergunta Archie. — Como homem do teatro e do cinema?

— Ela parece muito à vontade no palco.

— Acha que ela irá mais longe?

— Quanto mais praticar, melhor se tornará.

— É assim que funciona? — Pergunta. — Foi assim que você conseguiu?

— Em parte. Também tenho talento.

Olha para mim com ódio e diz:

— Acha que ela vai continuar a fazer isto?

— Se ela quiser melhorar é o que tem de fazer.

Ele parece simultaneamente orgulhoso e incomodado, com um olhar enevoado, como se o mundo a que está habituado estivesse a desaparecer na neblina. Até agora ela tem-no seguido. Pergunto-me se ele será capaz de a seguir a ela, e se ela quererá que ele a siga.

Fui para dentro encontrar-me com os meus amigos, com ele no meu encalço, a interromper-me com uma coisa importante que tem a dizer-me:

— Amo a Florence cada vez mais à medida que o tempo passa, — diz-me. — Só queria que soubesse isso.

— Sim, — digo. — Óptimo.

— Certo, — diz ele. — Certo. Vemo-nos lá em baixo.

Quatro Cadeiras Azuis

Depois de um almoço de sopa, pão e salada de tomate, John e Dina saem para a rua. Param por um momento ao fundo das escadas e ele pega-lhe no braço, como de costume. Sempre gostaram de estabelecer pequenas regularidades, para confirmar que estão habituados a fazer coisas juntos.

Hoje o sol queima e as ruas parecem desertas, como se toda a gente, menos eles, tivesse ido de férias. No momento, eles próprios se sentem como se estivessem numa espécie de férias.

Prefeririam levar cobertores, almofadas, o rádio e inúmeras loções para o pátio. Ervas daninhas crescem entre as pedras do pavimento e os gatos deitam-se na trepadeira em cima da cerca enquanto o casal ali se deita, também, à tarde, a ler, a beber limonada com borbulhas e a pensar em tudo o que aconteceu.

Só que hoje ligaram da loja a dizer que as quatro cadeiras azuis já estavam prontas. Dina e John mal podem esperar que as entreguem, mas têm que ser eles a ir buscá-las esta tarde pois Henry vem para o jantar logo à noite. Foram ontem às compras; das várias refeições que aprenderam a preparar, decidiram fazer lombinhos de salmão, bróculos e salada com três qualidades de feijão.

John e Dina arrendaram o apartamento há dois meses e meio e a maior parte da mobília, mesmo não sendo aquilo que ambos escolheriam, é aceitável, particularmente as estantes nos quartos, que limparam com panos húmidos. Dina tenciona ir buscar o resto dos seus livros e a sua secretária, o que agrada bastante a John. Depois disso ele acha que não poderá haver volta. A mesa de madeira na cozinha é adequada. Podem-se sentar três pessoas à volta dela confortavelmente, para comer, beber e conversar. Têm duas toalhas de mesa coloridas que compraram na Índia.

Começaram a colocar as suas coisas na mesa, todas misturadas. Ela experimenta uma disposição e ele olha, como que a dizer, o que é isso? Ela observa-o; depois olham um para o outro e chegam a acordo, ou não. As canetas, por exemplo, encontram-se agora no copo do pincel de barbear; o vaso dela mesmo ao lado; o Buda de gesso dele apareceu na mesa esta manhã e foi aprovado sem qualquer objecção. A fotografia do gato não foi aprovada mas, para o testar, ela não a vai retirar já. Há fotografias deles juntos, nas mini férias que tiraram há um ano, quando ainda estavam a viver com os parceiros anteriores. Há fotografias dos filhos dele.

No momento só têm duas cadeiras de cozinha já velhas.

John disse que Henry, que ela tinha conhecido num jantar em casa de uns amigos de John, se interessará pelas cadeiras azuis com assentos de vime. Henry interessa-se por qualquer coisa, desde que lhe seja apresentada com entusiasmo.

Foi só depois de uma discussão algo delicada, embora amigável, que finalmente concordaram em convidar Henry. John e Dina gostam de conversar. Efectivamente ela deixou o emprego para poderem conversar mais. Às vezes fazem-no com os rostos premidos um contra o outro; outras vezes de costas voltadas um para o outro. Deitam-se cedo para poderem conversar. A única coisa de que não gostam é de estar em desacordo. Imaginam que se começarem a entrar em desacordo nunca mais pararão e haverá uma guerra. Já tiveram guerras e quase se separaram em várias ocasiões. Mas são os desacordos em que já entraram antes, com outras pessoas, bem como o medo que isso volte a acontecer, que os está a deixar nervosos actualmente.

No entanto acabaram por concordar que Henry é uma boa escolha como primeiro convidado. Vive ali perto e vive sozinho. Adora que o convidem para sair. Como trabalha perto do Carluccios, trará bolos exóticos. Não haverá silêncios difíceis ou de qualquer outro tipo.

Viram as cadeiras azuis pela primeira vez há quatro dias. Andavam à procura de um restaurante indiano ali perto e discutiam o menu indiano ideal, como escolheriam as lentilhas de um restaurante na King Street e os camarões de outro na Fulham Road e por aí fora, quando entraram na Habitat. Talvez estivessem cansados ou apenas se sentissem indolentes, mas naquela enorme loja deram por eles a sentarem-se em vários cadeirões, sofás, às mesas, e até a deitarem-se em cadeiras de repouso, imaginando que estavam juntos neste ou naquele local à beira mar ou nas montanhas, ocasionalmente olhando um para o outro, quer estivessem afastados, em pontos diferentes da loja, quer estivessem próximos, lado a lado, pensando em surpresa, aqui está ele, aqui está ela, a pessoa que eu escolhi, a pessoa que eu desejei todo este tempo, e agora começou mesmo, tudo o que eu desejei é hoje realidade.

Parecia que ninguém na loja se importava com as suas ruminações. Perderam a noção do tempo. Foi quando uma assistente saiu de detrás de um pilar. Depois de muito se sentarem, levantarem e roçarem os rabos nos assentos, compraram as quatro cadeiras azuis com assentos de vime. Havia outras de que gostavam, mas acontece que não estavam em saldo e tiveram que ficar com estas mais baratas. Quando saíram da loja Dina disse que preferia estas. Ele disse que se ela preferia estas, ele também.

Hoje, a caminho da loja, ela insiste em comprar uma pequena moldura e um postal com uma flor para lhe pôr dentro. Diz que quer pô-la na mesa.

— Quando o Henry lá estiver? — Pergunta ele.

— Sim.

Durante as primeiras semanas que viveram juntos, ele deu por si a implicar com a forma de ela fazer certas coisas, coisas que ele não tinha notado antes, ou a que não tinha tido tempo para se habituar. Por exemplo, a forma como ela gosta de comer sentada nas escadas da entrada, à noite. É demasiado velho para a boémia mas também não pode estar sempre a dizer "Não" a tudo, por isso lá se senta, no meio da poluição, com o seu prato de massa, os vizinhos a observá-lo e os homens a olhá-la. Ele sabe que isso fará parte da nova vida que desejou, e nestas alturas sente-se impotente. Não pode dar-se ao luxo de falhar.

O assistente da loja diz-lhes que irá buscar as cadeiras e elas estarão prontas no piso de baixo dentro de alguns minutos. Por fim, dois homens trazem as cadeiras e colocam-nas à saída da loja.

John e Dina surpreendem-se ao ver que as cadeiras não vêm separadas individualmente, ou apenas com um embrulho ligeiro. Vêm dentro de duas longas caixas castanhas, como dois caixões.

John já tinha dito que poderiam levar as cadeiras para o metro e de lá para casa. Não é longe. Ela achou que ele estava a brincar. Agora sabe que estava a falar a sério.

Para mostrar como se deve fazer e que é efectivamente possível, agarra na caixa com grande pujança, dá uma ajuda com o pé em baixo e empurra-a para fora da loja e pelo chão liso do centro comercial, passando pelo vendedor de doces, pelo segurança e pelas velhotas sentadas nos bancos.

À saída volta-se e vê-a parada à entrada da loja, a olhar para ele e a rir. Pensa como ela é querida e como se divertem sempre juntos.

Ela começa a segui-lo, empurrando a caixa como ele.

Ele continua, pensando que se continuarem assim depressa estarão na estação de metro.

Mas na rua, a caixa prende no pavimento quente. Não se pode arrastar cartão pelo betão; simplesmente não anda. Essa manhã ela tinha sugerido pedirem um carro emprestado. Ele disse que não conseguiriam estacionar ao pé da loja. Talvez apanhassem um táxi. Mas do lado de fora há uma rua de um só sentido que vai na direcção errada. Não vê nenhum táxi. De qualquer forma as caixas não caberiam no porta bagagens.

Lá fora, ao sol, ele agacha-se um pouco. Coloca os braços à volta da caixa. É como se estivesse a abraçar uma árvore. Depois de fazer todo o tipo de sons involuntários e indesejáveis, levanta-a de um só impulso. Mesmo não vendo para onde vai, mesmo com o nariz esmagado contra o cartão, nada o detém. Continuam a sua marcha.

Ele não vai longe. Há várias partes do seu corpo que lhe resistem. Amanhã vai estar dorido. Olha para trás e vê Dina secar os cantos dos olhos, como se estivesse a chorar a rir. Na verdade o calor é insuportável e foi uma péssima ideia ter convidado Henry.

Está prestes a gritar-lhe, a perguntar-lhe se tem alguma ideia melhor, mas ao olhar para ela constata que sim. Esta está cheia de ideias melhores sobre tudo. Se ao menos confiasse nela em vez de nele próprio — pensando que está sempre coberto de razão — dar-se-ia melhor.

Ela faz uma coisa notável.

Levanta a caixa até à anca e, segurando-a pela asa feita através de cortes no cartão, começa a andar com ela. Ultrapassa-o, imponente, direita, como uma africana com uma cabra aos ombros, como se fosse a coisa mais natural do mundo. Lá vai ela em direcção à estação do metro. Esta é, claramente, a forma de carregar os embrulhos.

Faz o mesmo, a completa posição direita da mulher africana. Mas alguns passos à frente a asa do cartão rasga-se. Rasga-se completamente e a caixa cai ao chão. Não consegue continuar. Não sabe o que fazer.

Está envergonhado e acha que está toda a gente a olhar e a rir-se dele. As pessoas estão de facto a fazer isso, a olhar para ele com a caixa, e para a mulher lindíssima com a outra caixa. Voltam a olhar para ele e depois para ela, dividem-se, como se nunca lhes tivesse acontecido nada semelhante. Ele gosta de pensar que não se importa, que é suficientemente forte, nesta idade, para superar a gozação. Mas vê-se, aos olhos dos outros, como um homenzinho tonto, sendo tudo aquilo que quis e desejou fútil e vazio, reduzido àquele ridículo empurrar da caixa pela rua, debaixo daquele sol.

Pode-se estar apaixonado, mas isso não significa que se consigam arrastar quatro cadeiras para casa.

Ela vem ter com ele e fica ali parada. Ele olha na direcção contrária, furioso. Ela diz-lhe que só há uma forma de o fazer.

— Está bem, — um homem impaciente a tentar ser paciente. — Vamos fazer isso de uma vez.

— Vá lá, — diz ela. — Acalma-te.

— Estou a tentar, — replica ele.

— Agacha-te, — diz ela.

— O quê?

— Agacha-te.

— Aqui?

— Claro. Para onde é que queres ir?

Ele baixa-se com os braços esticados e agarra na caixa com a pose de abraçar a árvore, inclina-a até à posição horizontal e põe-na à cabeça. Com este peso a empurrá-lo para baixo, tenta levantar-se, tal como os pesos pesados olímpicos, fazendo força nos joelhos. Ao contrário daqueles heróis olímpicos, está prestes a cair para a frente. As pessoas já não se estão a rir. Estão alarmadas, a gritar avisos e a dispersar. Ele cambaleia com a caixa na cabeça, um Atlas bêbado; ela dança à volta dele dizendo:

— Direito, direito. — E como se isso não bastasse, ele está prestes a atirar as cadeiras para o meio do trânsito.

Um homem que passa põe-lhes a caixa no chão.

— Obrigada, — diz Dina.

Ela olha para John.

— Obrigado, — diz John com ar sério.

Não se mexe, respirando pesadamente. Tem gotas de suor no lábio superior. Todo o seu rosto está húmido. Tem o cabelo molhado e está cheio de comichão na cabeça. Não está em forma. Poderia muito bem morrer em breve, de repente, como aconteceu ao seu pai.

Sem olhar para ela, pega na caixa como se estivesse a abraçar a árvore e anda uns metros, a arrastar os pés. Põe-na no chão e levanta-a outra vez. Anda mais uns metros. Ela segue-o.

Uma vez no metro ele suspeita que levarão a tarefa a bom porto. É só uma estação. Mas quando saem do comboio constatam que é quase impossível transportar as caixas pela estação. A posição de abraçar a árvore está-se a tornar difícil. Carregam uma das caixas entre os dois para o cimo das escadas. Depois vão buscar a outra. Ela agora está calada; ele nota que ela se está a cansar e a aborrecer com esta idiotice.

À entrada da estação ela pergunta ao vendedor de jornais se podem deixar uma das caixas com ele. Assim podem transportar uma caixa juntos para casa e depois voltar para levar a outra. O homem concorda.

Ela põe-se à frente dele com os braços caídos e as mãos esticadas como duas orelhinhas de coelho, em cuja concavidade é colocada a caixa. Enquanto andam ele observa-a na sua camisola verde com gola e sem mangas, a asa da mala a atravessar-lhe o ombro, e a parte de trás do seu longo pescoço.

Ele acha que se poisarem a caixa deitam tudo a perder. Mas apesar de pararem três vezes, ela concentra-se, ambos se concentram, e não poisam a caixa.

Atingem o fundo das escadas da casa. Finalmente colocam a caixa em pé no chão do corredor fresco, e suspiram de alívio. Voltam para ir buscar a outra caixa. Descobriram um método que levam a cabo eficazmente.

Quando terminam, ele beija-lhe e acaricia-lhe as mãos magoadas. Ela olha noutra direcção.

Sem falar tiram as cadeiras azuis com assentos de vime das caixas e atiram o cartão para um canto. Dispõem as cadeiras à volta da mesa e olham para elas. Sentam-se nelas. Experimentam várias posições. Põem os pés em cima delas. Mudam a toalha da mesa.

— Esta fica bem, — diz ela.

Ela senta-se e põe os cotovelos na mesa, olhando para a toalha. Chora.

Ele toca-lhe no cabelo.

Ele sai para comprar limonada e quando volta ela está deitada no chão da cozinha, descalça.

— Agora estou cansada, — diz ela.

Ele prepara-lhe uma bebida e coloca-a no chão. Deita-se ao lado dela com as mãos por baixo da cabeça. Passado algum tempo ela vira-se para ele e acaricia-lhe o braço.

— Estás bem? — Pergunta-lhe ele.

Ela sorri-lhe:

— Estou.

Em breve abrirão o vinho e começarão a fazer o jantar; em breve chegará Henry e então comerão e conversarão.

Irão para a cama e pela manhã ao pequeno-almoço, quando tirarem a manteiga, o doce e a marmelada do frigorífico, as quatro cadeiras azuis estarão lá, à volta da mesa do seu amor.

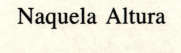

Naquela Altura

Somos infalíveis na nossa escolha de amantes, particularmente quando precisamos da pessoa errada. Existe um instinto, uma força magnética ou antena que busca o inadequado. A pessoa errada é, obviamente, certa para determinadas coisas — para nos punir, oprimir ou humilhar, para nos desiludir, abandonar ou, pior ainda, para nos dar a impressão de não ser inadequada, mas quase certa, mantendo-nos assim presos no limbo do amor. Não é toda a gente que é capaz de fazer isto.

Toda a manhã se perguntou se Natasha quereria matá-lo.

Não estava certo do que ela queria, mas não seria uma conversa corrente. Depois de quatro anos de silêncio, ela tornou-se de repente invulgarmente persistente, escrevendo-lhe várias vezes para casa e para o seu agente. Quando ele mandou um bilhete dizendo que não havia razão para se encontrarem, ela telefonou-lhe duas vezes para a casa nova e finalmente falou com Lolly, a sua mulher, que ficou tão preocupada que abriu a porta do quarto dele e perguntou:

— Ela está a tentar voltar para ti?

Ele virou-se lentamente:

— Não, não é isso, acho eu.

— Vais encontrar-te com ela?

— Não.

— Podes-lhe dizer para não voltar a telefonar?

— Claro.

— Óptimo, — disse Lolly. — Óptimo.

Natasha bebia café numa mesa cá fora, vestida de preto, mas pelo menos não de cabedal; talvez ela fosse a única pessoa do parque a mostrar-se assim sombria e consciente de si mesma. Ele tinha chegado cedo, mas para se fingir atrasado tinha levado o seu café e o jornal para a estufa, onde contemplou os canteiros dos jardins e desejou ter o filho com ele. Em breve começariam a ter conversas e Nick precisaria menos dos outros.

Tinha ligado a Natasha essa manhã, inesperadamente, para lhe dizer a hora e o local do encontro, os jardins de um palacete do século XVIII na zona oeste de Londres. Estava apreensivo, mas não podia negar que estava curioso por saber o que ambos sentiriam em relação ao outro. Calculou que já não a via há cinco anos.

Tinha sido um Verão entediante e as escolas estavam abertas há duas semanas. Mas um dia como este, com o sol a romper assim de repente, fazia-o lembrar das estações e da mudança. No relvado que descia para o lago, viam-se pessoas em manga curta, calções e óculos de sol. Os casais jovens acariciavam-se. Sendo uma área frequentada pela classe média, as famílias sentavam-se em cobertores com piqueniques elaborados; rolhas de cortiça eram sacadas de garrafas de vinho, guardanapos de algodão entregues às crianças depois de interrompida a sua busca de castanhas da Índia nas folhas e na relva alta.

Tinha-se levantado e andou em direcção a Natasha com determinação, mas o suave foco de neblina e as carícias alternadas de calor e frio do Outono fizeram-no invadir inesperadamente de uma onda de sensualidade. Este renovado amor pela existência era como uma baixa descarga erótica. Vinha frequentemente a este parque com a mulher e o filho e, se hoje não estavam com ele, podia marcar a sua ausência considerando o quão pobres as coisas se tornavam sem eles. À noite, quando se deitava com a sua mulher — ela usava um pijama azul, e o seu filho, agitado no berço ao fundo do quarto, *babygrow* de manga curta com riscas azuis, mais parecendo um fato de banho eduardiano — sabia, pelo menos, que não havia mais nenhum sítio onde preferisse estar.

O que ele queria era observar Natasha subrepticiamente, mas achou que ela já o tinha visto. Não seria dignificante tentar esconder-se ou disfarçar.

Com os olhos fixos nela, caminhou para fora da área dos arbustos e sobre o tapete de macadame betuminoso à frente do café, ziguezagueando pelas mesas onde cães, crianças de bicicleta e adultos com bandejas se aglomeravam, com empregadas impacientes a passarem-lhes aos tropeções pelo meio. Natasha olhou-o e deu início ao seu processo de interiorização. Até se levantou e ficou em bicos de pés. Se ele a observava para ver como tinha envelhecido, ela fazia-lhe exactamente o mesmo.

Beijou-o na face:

— Cortaste o cabelo.

— O meu cabelo ficou branco, não foi? — Disse ele. — Ou já era assim antes?

Antes de poder recuar, ela tinha os dedos no seu cabelo.

— Tinhas uns cabelos brancos atrás das orelhas, — disse ela. — Agora tens um preto. Porque é que não o pintas?

Reparou que o cabelo dela ainda era o que chamavam "preto *rock 'n' roll*".

Ele perguntou:

— Porquê dar-me a esse trabalho?

Ela riu:

— Não me digas que já não és vaidoso. Olha para ti com essa gabardina brilhante azul escura. Quanto é que custaram esses sapatos?

— Agora tenho um filho, Natty.

— Eu sei, Daddio, — disse ela. Dava pancadinhas na mesa com o seu grande anel de prata, que lhe tinha sido oferecido por um namorado dos Hell's Angel.

— Gostas da paternidade?

Ele desviou o olhar para as mesas, onde se empilhavam jornais de domingo, pratos, copos e brinquedos. Ouviu nomes de escolas caras, como o chamamento de um santo. Lembrou-se quando em criança os pais o pressionavam para ter boas maneiras, e desejou voltar ao tempo em que essas boas maneiras nos protegiam dos excessos de intimidade, quando a honestidade não era romantizada.

Disse:

— O meu miúdo é mesmo gorducho. Há imensa superfície para beijar. Acho que nunca lhe vimos o pescoço. Mas tem uma boquinha cheia de bolhinhas e um queixo de saliva. Costumo trazê-lo aqui com o seu chapéu branco, quando chora fica tão vermelho que mais parece um cozinheiro enraivecido.

— Foi para isso que me fizeste vir até aqui? Não encontrava a porra do sítio.

Ele respondeu:

— Pensei que te divertisse saber... Em Maio de 1966 os Beatles fizeram aqui filmes promocionais, para o "Rain" e o "Paperback Writer".

— Estou a ver, — disse ela. — É só isso?

— Bem, é.

Ele e Natasha tinham gostado da *pop* dos anos sessenta e setenta; no apartamento dela costumavam recostar-se em almofadões orientais a beber chá de menta, entre outros interesses exóticos, a ouvir e a discutir discos.

Antes de a conhecer, tinha sido jornalista *pop* durante alguns anos, escrevendo sobre moda, música e a política de esquerda que as acompanhava. Depois tornou-se quase respeitável, como correspondente de arte de uma publicação diária antiquada. Neste jornal, os jornalistas divertiam-se ao pensar nele como jovem, contraditório e promíscuo. Tinha sido contratado precisamente para ser do contra e mostrar-se ultrajante.

Efectivamente, à noite trabalhava para lhes mostrar o quão complexo conseguia ser. Sem dizer a ninguém, escreveu, com uma urgente persistência, uma biografia desinibida do seu pai. O livro falava dos seus próprios terrores da infância, bem como da vaidade e ternura do seu pai. O último capítulo prendia-se com aquilo em que os homens, e os pais, se poderiam tornar se tivessem sido libertados, como o foram as mulheres há duas décadas atrás, de algumas das suas expectativas convencionais. Antes da publicação tinha medo de vir a ser gozado; era um livro honesto, sincero mesmo.

A biografia foi aplaudida e ganhou prémios. Foi dito que nunca nenhum homem se tinha exposto daquela maneira. Desistiu do jornalismo para escrever um romance sobre uns jovens a trabalhar numa revista *pop*, do qual se fez um filme bastante popular. Viveu em São Francisco e Nova Iorque, leccionou "escrita criativa" reescreveu filmes que não tinham sido feitos. Crescera; era invejado; até ele tinha inveja de si próprio. As pessoas falavam dele tal como ele falara outrora das estrelas *pop*. Conheceu Natasha e as coisas começaram a distorcer-se.

Ela perguntou:

— Ainda ouves isso tudo?

— Quantas vezes podemos ouvir "I Wanna Hold Your Hand" e "She Loves You"? Além disso as coisas novas não me dizem nada.

Ela disse:

— Todas aquelas sinfonias e concertos me parecem iguais.

— Pelo menos sabem tocar, — disse ele.

— Os músicos limitam-se a ler as pautas. Não é música, é uma leitura de mapas.

— Quantos de nós é que conseguem fazer isso? O melhor é não se impingirem as tentativas originais ao público. Não te esqueças que durante anos ia todas as noites a sessões de música. É engraçado, mas mal podia esperar por chegar a casa e ouvir qualquer coisa calma dos Isley Brothers.

Ele riu e acenou a um homem.

— Como é que foram as férias? — Alguém lhe gritou. — E os homens das obras?

— Estas pessoas reconhecem-te, — diz ela. — Suponho que são do tipo de ler. O único problema deles deve ser a insónia.

Ele riu e virou o rosto para o sol:

— Conhecem-me como o único homem no parque cujo bebé usa um blusão de cabedal.

Ela deixou-o sentar, mas estavam ambos à espera.

Ela inclinou-se para a frente:

— Depois de me tentares evitar, o que é te levou a encontrares-te comigo hoje?

— A Lolly, tu falaste com ela ao telefone, foi ver uma casa que comprámos em Wiltshire.

— Agora fazes parte da aristocracia?

— Não é uma daquelas casas de campo dos quadros baratos. É uma casa de Londres no meio de um campo. Pela primeira vez em anos tive uma tarde livre, — disse ele. — O que é que tu queres, afinal?

— Não te queria aborrecer, embora pudesse parecer isso. — Olhou para ele com concentração e sinceridade. — Queres um cigarro?

— Deixei de fumar.

Ela acendeu o seu cigarro e disse:

— Não quero ser erradicada da tua vida, cancelada, anulada.

Ele suspirou:

— Outro dia pensei que nunca mais gostaria dos meus pais, pelo menos da forma como costumava gostar. Não existem razões reais para nada, apenas nos apaixonamos e desapaixonamos pelas coisas, graças a Deus.

— Eu aceitaria isso, se não tivesses escrito sobre mim.

— Eu?

— No teu segundo romance, publicado há dois anos e meio. — Ela olhou para ele mas ele não disse nada. — Nick, eu acreditava, na altura em que estávamos juntos, dois anos antes, que vivíamos uma espécie de vida juntos, em privado.

— Vivíamos juntos?

— Tu dormias em minha casa, e eu na tua. Não nos víamos todos os dias? Não pensávamos muito um no outro?

— Sim, — disse ele. — Nós fazíamos isso tudo.

Ela continuou:

— Nick, tu usaste os meus hábitos sexuais. Aquilo que eu gosto de meter pela cona acima.

Ele baixou a voz:

— Acabou de sair a versão croata do livro. Já foi traduzido em dez línguas. Quem é que iria reconhecer as tuas bordas peludas ou a minha barriga flácida e as minhas nádegas mirradas?

— Eu. Não chega?

— Quem é que te disse que era a tua cona? Às vezes uma cona...

Ela esfregou o rosto com as mãos:

— Não comeces. A cona do livro chama-se ME — Middle England. Aqueles que a penetram, que me parecem ser em número desnecessariamente elevado, são conhecidos como Middle Englanders. Nós...

— Isso sempre foi uma piada minha.

— Era uma piada nossa.

— Está bem.

— Pensei que pararia de me incomodar. Mas não parou. Sinto-me como se tivesses abusado de mim, Nick.

— Essa não seria a origem desse sentimento.

— Não, como tu sublinhaste no livro, quando o meu pai estava a dar aulas, a minha mãe fazia-me coisas desagradáveis.

Ele disse:

— A maioria das mulheres que eu conheço já sofreram abusos de ordem sexual. Se algumas mulheres têm medo dos homens, ou os odeiam, as coisas começam aí, não achas?

Ela não o estava a ouvir. Tinha muito para dizer; ele deixou-a continuar.

Ela disse:

— Quando te vi pela primeira vez fiquei impressionada. Supostamente os escritores sentem e sabem mais que os outros. São sensatos, suficientemente honestos, com bravura e consciência para dar e vender. Agora entristece-me que me tenhas chegado a conhecer tão bem. Entristece-me o facto de teres escrito sobre mim. Eras capaz de dizer fosse o que fosse, expor qualquer pessoa, desde que isso servisse o teu propósito? Se acreditas nas vantagens que tens, deves concordar que é péssimo teres chegado a este ponto. — Pegou nos cigarros e voltou a atirá-los para cima da mesa. — Porque é que não fizeste a mulher forte?

— E quem é que é forte? O Hitler? A Florence Nightingale? A Thatcher? Ela quer ser forte, inacessível à perplexidade humana. Isso não seria mais real?

Ele tenta olhá-la de forma uniforme. Ela nunca se tinha virado contra ele desta forma. Houve um tempo em que ficava muitas vezes confusa, em que era tolerante e tinha medo de o perder. Tinham-se separado de repente, abruptamente. Mas durante mais de um ano falaram ao telefone várias vezes ao dia e viram-se nas situações mais excessivas. Tinha-se interrogado várias vezes porque é que não tinha sido possível permanecerem juntos; considerou até voltar a estar com ela, se ela quisesse. Afinal, já se tinham dado bem.

Natasha nunca deixava de chamar a atenção dele para o facto de ser desastrada e de achar que tinha os cotovelos salientes; que andava com os pés virados para fora, apesar de ter tentado corrigir este defeito em criança. Se ela era perspicaz e culta, os seus conhecimentos, fossem eles quais fossem, eram inadequados. Havia sempre um sinal, uma mancha, uma nova linha, uma pestana caída ou um pedaço de pele seca na face, para os quais ela não conseguia evitar chamar a atenção. No mínimo tinha uma grande falta de confiança, mas em contrapartida tinha ataques de uma crença apaixonada nela própria, de uma alegria e determinação que mais tarde condenava. Depois de ter rido bastante alto batia com a palma da mão na boca ainda aberta. Mas não se deixava aniquilar; quando tinha um qualquer medo ou fobia, tomava consciência deles e lutava. Talvez aos cinquenta anos ela conseguisse atingir um equilíbrio mais calmo.

À medida que ele a olhava, o seu contorno parecia esfumar-se. Não era apenas o facto de o passado e o presente se estarem a fundir para formar uma nova imagem dela, mas também o facto de estar ali uma terceira pessoa sentada com eles. Isto já tinha acontecido antes. Natasha parecia colocar entre eles uma outra mulher, uma ficção, que se parecia com ela mas que era simultaneamente a sua negação e o seu ideal platónico. Esta Natasha, a estrela *pop*, era calma, segura, elegante. Fotografada a uma luz diferente, com roupas melhores, boa no *ballet*, boa na cozinha e na conversação, esta figura arrastava Natasha para coisas melhores, enquanto a diminuía e ridicularizava. Tinham-se ambos apaixonado por esta mulher predominante e apetecível que os assombrava com uma presença viva, mas nunca os deixava possuí-la. Comparada com ela, Natasha só poderia falhar. Tinham que encontrar outras pessoas — estranhos — para testemunharem e adorarem esta Natasha ideal; e, quando a ilusão falhava, como um projector de cinema a apagar-se, tinham que se ver livres delas.

— Tu também escrevias um bocadinho, — disse ele. — Sabes bem o quão diversas e complexas são as fontes de inspiração.

— Eu ainda escrevo, — disse ela. — Apesar de gozares comigo.

— Era a justiça que te interessava, e a melhor forma de viver. A literatura não faz recomendações. Não é nenhum guia, mas tu conseguiste aprender que a imaginação dá asas às coisas para as levar para outra dimensão, alterando-as durante o voo. A ideia original é apenas uma desculpa.

Ela fingiu engasgar-se:

— O tapete mágico da tua imaginação não te levou para muito longe, querido. Porque é que pegaste em partes de mim e as puseste num livro? Nick, agiste selvaticamente comigo. E olha que eu pedi a opinião de algumas pessoas acerca disto.

— E elas concordaram contigo? — Ela acenou que sim com a cabeça. Ele continuou. — O que é que fazes actualmente?

— Acabei o meu curso. Agora trabalho como terapeuta. Tenho dívidas com os cartões de crédito até ao pescoço. Ficaram-me com o carro. Quando nos começamos a afundar nunca mais paramos. Tu não podias — abanou a cabeça. — Não, não. Não me vou humilhar.

— Não mais do que costumas gostar, — disse ele.

— Não. Tens razão. Hei. Olha.

Atirou o cigarro para o chão e arregaçou a manga. Inspirando, fez força. Formou-se um inchaço considerável.

— Tenho ido ao ginásio.

Ele perguntou-se se ela quereria que lhe apalpasse o músculo.

— O Popeye tem andado a comer muitos espinafres, — disse.

— Faz-me sentir bem, — disse ela.

— É isso que importa.

— Agora ando com homens jovens.

— Óptimo.

Notou que ela tinha vários furos nas orelhas. Talvez tivesse violado todo o seu corpo. Seria como ir para a cama com um cacto. Não faria qualquer comentário acerca disso. Quanto menos dissesse, mais depressa estaria despachado do encontro. Percebeu que só estava ali para ouvir. No entanto, ocorreu-lhe uma coisa.

— O meu cérebro ainda não destrambelhou completamente, — disse. — Mas hoje em dia acontece-me pegar num livro sem me lembrar de todo do que li no dia anterior. Contudo, há tempos estava a percorrer as várias centenas de páginas da biografia de alguém de que eu gosto. Enchia-me de factos. E praticamente a única parte que achei irresistível foi a ciática da personagem e o deslocamento de uma vértebra, sabes como é que as coisas são na nossa idade. No final não fazia ideia de como o homem era. Tudo o que era pessoal e humano tinha sido omitido. Depois pensei: onde é que podemos obter esta complexidade e detalhe do movimento interno senão na ficção? É o mais perto que conseguimos chegar daquilo que verdadeiramente somos no nosso interior.

Ela olhou noutra direcção:

— Nunca tive uma vocação.

— Porque é que não vais para Espanha?

— O quê? Vocação, foi o que eu disse.

— Porque é que a vocação há-de interessar?

— Quero encontrar alguma coisa em que eu seja boa. Um dos meus pacientes é *skinhead*, violado pela mãe e pela irmã. Acho que nem consegue ler as suas próprias tatuagens. Não é a mim que ele está odiar e a insultar quando se senta e repete continuamente "cona, cona, cona". Porque é que eu sou compelida a ajudar este cabrão? Nick, tu és omnipotente e auto-suficiente naquele teu quartinho com as tuas canetas especiais que ninguém mais pode tocar, o café que só tu podes fazer, a música onde lhe podes chegar, os postais de quadros famosos presos à tua frente. Ainda és assim?

— Exactamente.

— Estavas-te sempre a refugiar naquele ventre ou esconderijo. O que me irritava era como atiravas a loucura para fora de ti, para mim, a doida meia viciada e promíscua que se devorava a si própria. Não achas que isso é misoginia?

Ele pareceu bastante surpreendido:

— Não tenho a certeza.

— Tu é que te fizeste a ti próprio, Nick, percebes, antes das coisas se tornarem... um pouco loucas. Tu não eras privilegiado, como esses escrevinhadores vaidosos. Lembro-me quando te sentavas rodeado dos teus romances favoritos, a sublinhar frases. As listas de palavras penduradas ao lado do espelho da casa de banho, palavras para aprender, para usar. Escrevias, vezes sem conta, a mesma frase, de formas diferentes. Não consigo imaginar uma mulher assim tão metódica e com tanta força de vontade. Tu queres ser altamente considerado. Só gostava que não te tivesses vingado de mim de uma forma tão cobarde e maldosa.

Ele disse:

— As coisas nunca serão pacíficas entre os homens e as mulheres, enquanto quiserem coisas uns dos outros, e eles têm que querer coisas, a isso se chama uma relação.

— Sofisma!

— Realidade!

Ela disse:

— Estás-te a enganar a ti próprio!

Ele levantou-se. Não levaria muito tempo a chegar a casa. Podia levar uma cadeira baixa para o jardim, onde tinham recentemente gasto um dinheirão, e deixar-se por lá ficar a ler e a preguiçar. Tinham vindo seis homens através da porta lateral com plantas, árvores e pedras para pavimentar; ele e Lolly não puderam esperar que a natureza fizesse o seu trabalho. Não fora o seu dinheiro, nem sequer o de Lolly, mas o do pai americano desta. Perguntou-se se o que sentia não seria o mesmo que sentem as mulheres casadas dependentes quando aquilo que têm não foi ganho nem merecido. Não lhe podia chamar humilhação, mas sentia um certo ressentimento.

Tinha conhecido Natasha num Primeiro de Maio, numa festa privada no Instituto de Arte Contemporânea, na parte de baixo do Palácio de Buckingham, com o Big Ben à vista. Ele costumava beber e fumar erva antes de sair de casa — para conseguir sair; e estava a rir-se sozinho das ironias disponíveis. A não ser a época da invasão soviética da Hungria, a altura não podia ser pior para o socialismo. Ninguém que ele conhecia estava certamente a admitir ser de esquerda, ou ter alguma vez apoiado a União Soviética.

— Sempre fui mais anarquista do que partidário, — ia ouvindo Nick, à medida que ia furando para chegar à mesa das bebidas. Uma voz replicou:

— Nunca passei de eurocomunista.

Ele próprio anunciou:

— Eu também nunca fui um grande aderente. — Os seus conhecidos de esquerda mais imaginativos tinham ido para Berlim testemunhar o colapso do muro.

— Para estar no centro da história, — como disse um deles.

— Pela primeira vez, — tinha comentado Nick.

Era fácil desdenhar. O que é que ele sabia? Só agora começava a ler História, tendo-o intrigado o facto de pessoas iguais a ele, que tinham vivido apenas algumas décadas antes, terem sido possuídas pela seriedade fatal de ideologias mortíferas e manipuladoras da mente. Ele só tinha acreditado na *pop*. A sua frivolidade e raiva tinham sido meramente subversivas; não tinham dado frutos. Se lhe perguntassem quais eram as suas visões, tinha medo de as divulgar. Mas tinha o dom da descrição.

Tal como ele, Natasha trabalhava normalmente só de manhã, dando aulas ou elaborando sobre estes temas. Ambos se sentiam atraídos por certos aspectos de Londres, não o teatro, o cinema ou os restaurantes mas os sítios mais rudes, que se assemelhavam aos romances de Colin McInnes. Nick acabara por conhecer pessoas ricas e conhecidas; era convidado para festas e lançamentos, almoços e jantares de caridade, mas isto era demasiado pomposo para ser o seu dia-a-dia. Começou a encontrar-se com Natasha às duas da tarde num *pub* grande e deserto em Notting Hill. Comiam, bebiam os primeiros copos, falavam sobre tudo e acenavam aos velhos *Rastas* que ainda pareciam permanentemente instalados nestes *pubs*. Compravam droga a vendedores jovens em edifícios das imediações e ouviam os seus planos de roubos. Notting Hill era uma zona rica, com casas magníficas, embora ele ainda não se tivesse dado conta. Os *pubs* ainda eram negligenciados, com as suas alcatifas húmidas e os balcões de carvalho cheios de pó e queimaduras de cigarro, prestes a transformarem-se em lugares esplendorosos, cheios de gente com ar de quem aparece na televisão, apesar de apenas lá trabalhar.

Ele e Natasha ingeriam cocaína e *ecstasy*, ou um pouco de LSD, ou os três — e retiravam-se o resto da tarde para a cave dela, que ficava ali perto. Quando escurecia empurravam-se um ao outro para fora da cama, aplicavam sombra nos olhos em espelhos adjacentes e saíam empoleirados nos seus saltos altos.

Ela pegou-lhe na mão:

— Tu não me podes abandonar! — Puxou-o de volta para a cadeira. Ele disse:

— Tu não me podes puxar!

— Não te esqueças das flores que me trazias! — Disse ela. — A paixão! As nossas deambulações pela cidade à noite e o pequeno almoço pela manhã! E as conversas, as conversas! Como púnhamos as nossas cadeiras lado a lado para examinar o teu trabalho! Já te esqueceste como perdias facilmente a esperança naquela altura e como eu te mandava repetidamente para a secretária? Toda a gente que tu conhecias queria ser um escritor como deve ser. Nenhum deles tinha coragem de o fazer, mas tu pensaste, porque não eu? És capaz de dizer que eu não te ajudei?

— Ajudaste, Natasha! Obrigado!

— Não escreveste isso no livro, pois não? Mas escreveste aquelas coisas todas!

— Não tinha nada a ver!

— Oh Nick, e não podias fazer com que tivesse? — Estava a olhar para ele. — Porque é que te estás a rir de mim?

— Esta conversa não tem saída possível. Porque é que não andamos um bocadinho?

— Podemos?

— Porque não?

— Não consigo parar de pensar que tens que te ir embora. Tens tempo?

— Tenho.

— Costumava-te chamar o meu homem acre e doce. Lembras-te? — Ela pareceu acalmar. — Uma vida fluente, criativa, transformando-se num tédio vulgar e num sentimento de dor para com a arte. As satisfações de uma criança auto-suficiente, fazendo tudo sozinha. É isso que eu quero. É por isso que as pessoas invejam os artistas.

— A vocação, — disse ele. — Parece o nome de alguém.

— Sim. Um guia. Alguém que sabe. Não quero que isto pareça religioso, porque não é.

— Uma figura orientadora. Um homem.

Ela suspirou:

— Provavelmente.

Ele disse:

— Estava a pensar como a nossa geração amava Monroe, Hendrix e até Cobain. De uma certa forma estávamos apaixonados pela morte. Poucas das pessoas que admirávamos se podiam dar ao luxo de ir para a cama sem se afogarem nos próprios vómitos. Não era esse o problema da *pop*, e o nosso próprio problema?

— O que é que queres dizer com isso?

— Dizia-se que éramos uma geração auto-indulgente. Não íamos para a guerra mas éramos bastantes mortíferos em relação a nós próprios. Quase toda a gente que eu conheço. Ou conhecia.

— Mas eu só ia — Ela meteu a mão dentro da mala e inclinou-se para ele. — Dá-me a tua mão, — disse ela. — Vá lá. Tenho uma coisa para ti. — Passou-lhe o objecto. — Olha agora.

Ele abriu a mão.

Num passeio triste em North Kensington, entre uma livraria de livros em segunda mão e uma loja semi abandonada de aluguer de máscaras, havia uma loja onde Nick e Natasha costumavam ir comprar roupa de cabedal e artigos em borracha. Por trás das janelas com grades de ferro, estava pintada de preto e era pouco iluminada, escondendo o facto de que muitos dos artigos vermelhos brilhantes tinham inúmeros defeitos ou estavam simplesmente rasgados. Os assistentes, em versões discretas das roupas disponíveis — Nick preferia chamar-lhes vestimentas — mostravam-se entusiásticos, oferecendo chá e biscoitos.

Enrolando-se em casacos de imitação de pele comprados em lojas de caridade, Natasha e Nick tinham começado a frequentar sítios onde outros tinham os mesmos gostos, procurando novos medos e transgressões, abundantes neste período da SIDA. Se os casais precisavam de estratagemas, eles tinham descoberto o seu propósito. Ainda era possível ser-se um fora da lei em termos sexuais enquanto houvesse pessoas inocentes. Instigavam-se mutuamente a continuar, desempenhando, um para o outro, o papel de Virgil até já não saberem se eram crianças ou adultos, homens ou mulheres, amos ou servos. A transformação do banal, do desagradável e do simplesmente não apetecível em prazer era como magia negra — pobre Don Juan em constante esforço, compelido a fabricar para sempre a electricidade da vida.

Nick lembrou-se de uma noite ir até à varanda de um grande clube nocturno, à procura de Natasha e olhar de forma depreciativa para um desfile de vestimentas bizarras, penas, para a semi nudez, para as máscaras e roupas de todas as épocas, representando cada paixão, cada esquisitice e excentricidade, cada zigue e cada zague. Natasha estava no meio de tudo isto, à espera dele com um velho de freio que trabalhava nos correios.

Nick perguntou-se se cada pessoa envolvida estaria a gostar de participar naquele segredo, uma vez que recriavam o mistério que as crianças descobrem através de sussurros, de que o que as pessoas gostam de fazer umas com as outras é estranho, e que o descobrir dessa estranheza é, em si mesmo, excitante. Certamente nunca cessariam as iniciações assustadoras. Aquelas eram as pessoas mais estranhas; aprendeu que a humanidade encerrava muito pouco de linear. Mas o que parecia apavorar toda a gente era o comum, o familiar, o ordinário.

Tal como os actores que não conseguem parar de representar um papel, como se pudessem continuar no palco para sempre, ele e Natasha desejavam permanecer num culminar dramático onde não existissem a decepção, o auto-conhecimento ou o desenvolvimento, mas apenas um estado de emergência constante e narcisista e uma inequívoca luz branca na cabeça.

De forma a aniquilarem o sofrimento com o prazer, o que alguns chamarão conveniência, estavam quase sempre pedrados. Nick lembrava-se de um amigo da escola dizer — e esta era a melhor publicidade às drogas que ele já tinha ouvido — "Pedrados podemos fazer tudo". Porque é que viver tinha que ser um problema? Se olhasse à sua volta, para os amigos e conhecidos, quantos é que conseguiam sobreviver sem ajuda? Buscavam o alheamento até se tornarem semelhantes a uma geração perdida na guerra. Aqueles que sobreviviam estavam fechados em círculos confessionais de neuroses de guerra, em clínicas no campo. Suspeitava que tinham depositado o sucesso nas mãos dos imbecis e dos medíocres. Há meia-noite já mal conseguia ver o que quer que fosse à sua frente; ele e Natasha mantinham-se de pé um ao outro, como os braços verticais de um triângulo titubeante. A sobriedade era um terror, apesar de não se lembrarem porquê, e os seus heróis, lendas e mitos eram uns incompetentes irrecuperáveis, imaginações trágicas envoltas em morte.

Via as pessoas irem para a heroína como um destino; pensar que se podia evitar era arrogante ou solene. Nick tinha desejado encontrar pessoas com pensamentos semelhantes; transformava-os nos seus carcereiros. Lembrava-se de pessoas com máscaras de borracha, a aproximarem-se dele como carrascos. Converter as pessoas em objectos era um trabalho extremamente árduo, uma vez que não tinha sido habituado a isso desde pequeno.

Um dia acordou ao meio-dia em casa dela. Levantou-se e deambulou pela casa, num processo de reconhecimento de um objecto estranho, o seu corpo. Estava bastante ferido; a cara e as mãos também esfoladas: devia ter caído nalgum lado sem que ninguém, nem sequer ele próprio, tivesse reparado.

Ela tinha, de alguma forma, conseguido ir trabalhar, deixando-lhe uma mensagem. "Não te esqueças, não te esqueças!" tinha escrito com *bâton*.

Não te esqueças de quê? Depois lembrou-se. A sua tarefa era levantar três mil libras da sua conta bancária que, além do apartamento era tudo o que tinha, e comprar drogas a um homem que vendia de tudo, mas apenas em grandes quantidades. Assim não teriam o trabalho de andar sempre à procura. Em duas horas teria as drogas; minutos depois a cocaína já estaria a fazer efeito, roubando mais um dia e uma noite à sua vida. Natasha voltaria; tinham ficado de se encontrar com um casal mais tarde; haveria gaiolas, chicotes, gelo, fogo.

Tinha havido os métodos obsoletos dos professores e empregadores, e tinha havido a rebelião, as drogas, o prazer. Ninguém lhe tinha ensinado o que era uma vida com significado e as vozes que ouvia na sua cabeça não eram nada generosas.

E no entanto algo lhe ocorreu. Saiu do apartamento e continuou a andar através do seu sofrimento até chegar aos subúrbios; por fim atravessou campos e campos. Nunca mais foi a casa dela. O resto foi uma abstinência e um luto deprimentes e frios, sentado à secretária metade do dia, todos os dias, intimando uma disciplina meio esquecida, desejando que alguém o prendesse à cadeira. Aquelas personagens das peças de Chekhov, para sempre entoando "trabalho, trabalho, trabalho". Que prece tão gasta, pensava, como se o mundo se saísse melhor promovendo a escravatura que encerrava. Mas o tédio era um antídoto para os desejos desregrados, acalmando a sua suspeição de que a desobediência era a única energia. Tinha de novo que se ensinar a si próprio a sentar-se quieto.

Depois de um mês gelado, voltou a descobrir a capacidade e a audácia. Até a ideia do reconhecimento público voltou, juntamente com a competitividade, a inveja e um pouco de orgulho. Obrigou-a a deixá-lo em paz e, quando se voltaram a encontrar, numa tentativa de se entenderem, o seu medo de qualquer vício, que o tinha salvo, mas que era também o medo de depender de alguém — alguns vícios chamam-se amor — determinou que não podia continuar a gostar dela. O que é que poderiam fazer juntos? Isso nunca teria acontecido à Natasha ideal, à Natasha apetecível.

Ela tinha-lhe colocado um pequeno envelope contra a palma da mão.
— Aí tens.
Ele olhou para baixo.
Ela disse-lhe:
— Estarias a cometer um erro se pensasses que o que eu gostava era

das outras coisas, quando era das nossas conversas e da tua companhia. Tu és querido, Nick, e às vezes até estranhamente educado. Não consigo conciliar isso com tudo o que me acabas de fazer. — Tocou-lhe na mão. — Vai lá.

— Agora?

— Passeamos depois.

Numa das cabines da casa de banho do parque estava um rapaz com as calças para baixo, todo dobrado. O pai limpava-o, ajudando-o com o cinto, o fecho e os botões. Nick entrou na cabine ao lado e fechou a porta. Ia apenas abrir o envelope, dar uma vista de olhos, em honra dos velhos tempos, e devolver-lho. Ela tinha conseguido aquilo que queria.

Tinha as mãos a tremer. Segurou-o na palma da mão antes de o abrir. Uma grama de grãos preciosos, intocada. Areias do paraíso. Tinha o cartão de crédito no bolso de trás.

Devolveu-lho.

Disse:

— Servi-me das partes de ti que precisava para escrever o meu livro. Não foi um julgamento perfeito nem um juízo final, mas uma transformação prática, de forma a transmitir uma ideia. Numa ficção, qualquer pessoa é apenas uma figura de sonho... retirada de um contexto e inserida noutro, para servir um determinado propósito. É apenas utilizada uma ínfima parte da pessoa.

Ela abanava a cabeça mas já tinha perdido o interesse.

Passearam junto ao lago, ao pé da cascata e do campo de *cricket*. Crianças brincavam em troncos caídos; adultos desenhavam e pintavam; dos seus pedestais, as cabeças dos imperadores romanos dominavam a cena. Nick e Natasha passavam de manchas de uma vívida luz do sol para túneis de vegetação mais frescos. As correntes quentes tinham-se tornado frias. À medida que o céu ia escurecendo, as nuvens tingiam-se de carmesim. Os pais chamavam as crianças.

Ela começou a chorar.

— Nick, podes-me levar embora daqui?

— Se é isso que tu queres.

— Por favor.

Ela pôs os óculos de sol e ele conduziu-a através de famílias ociosas para o portão.

No carro dele, ela secou o rosto.

— Todas essas vozes brancas respeitáveis por trás de muros altos. A riqueza, a limpeza, a esperança. Eu estava a ficar agorafóbica. Tudo isso me faz ficar doente de arrependimento.

Ela estava a tremer. Ele tinha-se esquecido de como os seus desequilíbrios o incomodavam. Estava a ficar impaciente. Queria estar em casa quando Lolly voltasse. Tinha que preparar o jantar. Uns amigos iam visitá-los com o seu novo bebé.

Ela disse:

— Não vamos tomar um copo? Isto é assim? Onde é que estamos, agora?

— Olha, — disse ele.

Conduzia ao lado de uma fila de casas de estuque altas e autoritárias, com pilares e escadas. Grandes carros de família estacionados nos passeios. Do outro lado da rua estreita havia um relvado; rodeados de grandes árvores, havia *courts* de ténis e um parque infantil. Durante a semana, crianças em uniformes engelhados eram levadas para a escola e trazidas para casa; durante as tardes, amas filipinas e da Europa de leste sentavam-se no parque infantil a vigiar as suas crianças. Era aqui que ele vivia agora, apesar de não conseguir admiti-lo.

— Estamos a pensar em mudar-nos para aqui, — disse ele. — O que é que achas?

— Não adianta perguntares-me isso a mim, — respondeu ela. — Tudo se tornou tão convencional. Ou se está em conformidade ou não. Eu estou com os que não estão. Com os esquisitos, os impossíveis, os vitimizados e os tesos. É o único sítio onde se pode estar.

— Porquê fazer do hábito um princípio?

— Não sei. Nick, leva-me a um dos locais de antigamente. Temos tempo, não temos? Estou-te a aborrecer?

— Ainda não.

— Estou tão contente.

Conduziu até um dos *pubs* que tinham frequentado, com várias salas pequenas, tectos escurecidos, bancos e mesas redondas. Pediu ostras e Guiness.

Enquanto se sentava disse, com um certo embaraço:

— Ainda tens mais um pouco dessa coisa?

— Se me deres um beijo, — respondeu ela.

— Vá lá, — disse ele.

— Não, — disse ela, chegando o rosto para perto do dele. — Tens que pagar por aquilo que queres!

Ele colocou a face contra a sua boca quente.

Ela passou-lhe o envelope:

— Se não deixares um bocadinho mato-te.

— Não te preocupes, — disse ele.

— Ah isso é que preocupo, — disse ela. — Porque eu sei muito bem o que te salvou. A ganância. — Estava a olhar para ele. — Vamos para minha casa? Não estejas só a olhar para o relógio. Só um bocadinho, ãh?

Via pelo apartamento que ela não tinha enlouquecido. A mobília não estava esmurrada nem manchada; havia flores, um sofá grande e caro com uns livros sobre nutrição equilibrados no braço. Os discos já não estavam no chão. Agora tinha CDs, em suportes próprios e por ordem alfabética. Como de costume havia jornais e revistas de música em cima da mesa. Ela foi pôr um CD a tocar. Ele esperou que não fosse nada que conhecesse.

Foi até ao quarto. Estava escuro como nunca, mas ele sabia onde eram os interruptores da luz. Olhando as tão familiares tapeçarias indianas na parede, enterrou-se no colchão para tirar os sapatos. Espalhou a roupa pelas tábuas nuas e sem verniz do chão, cobertas com tapetes puídos. Conhecia bem o cheiro da cama dela. Conseguia alcançar as garrafas de vinho abertas e o cinzeiro. Bebeu um gole de um tinto já azedo e puxou as almofadas.

Ela quase caiu em cima dele; sabia que ele gostava do seu peso, e de ficar por baixo, contra o colchão. Ele fechou os olhos. Quando ela o atou de forma rápida e com precisão de especialista, ele lembrou-se da sensação de medo, da impotência e do prazer, este proveniente de um lugar iluminado de forma rara. Lutou, riu, gritou.

Quando acordou ela estava sentada do outro lado do quarto, à mesa, com a sua camisa de dormir de seda preta, rodeada de papéis, unguentos, latas, caixas, com as mãos para a frente, como um pianista à procura de uma melodia. Virou-se e sorriu. A porta do roupeiro onde guardava as roupas da noite estava aberta.

— Desata-me.

— Daqui a pouco. Amanhã, talvez.

— Natasha...

— Olha. — Ela abriu a camisa de dormir e sentou-se em cima dele. Como estava salgada. — Cá está. Se não te portares bem, leio-te um livro teu.

Ele olhou para cima para lhe ver os lábios enrugados ao concentrar-se. Por fim libertou-o. Estavam ambos satisfeitos, um trabalho bem feito. Ele começou a mover-se rapidamente na cama à medida que uma necessidade interior, acompanhada de fúria o fazia desejar a satisfação. Tinha ficado de se encontrar com um homem num *pub*, um homem ganancioso e desequilibrado sem dúvida com um talento para as matemáticas rápidas. Mas Nick não conseguia encontrar a sua roupa entre as mais variadas coisas espalhadas em cima da cama.

Como estava frio, puxou as suas roupas para debaixo dos lençóis, como tinha por hábito. Mas tinham ganho cheiro, como se as tivesse usado durante vários dias. Virou a camisola ao contrário.

Ela puxou-o para cima, mantendo-o nos seus braços. Ele acendeu um cigarro.

— Natty, vou sair para ir buscar aquilo.

Ela assentiu com a cabeça:

— Óptimo. Tens o dinheiro?

Ele deu umas palmadinhas no bolso:

— Vais estar aqui quando eu voltar?

— Vou, pois.

Ele saiu para a sala de estar e abanou-se, como que para se despertar. Ela seguiu-o e disse:

— O que é que se passa?

— Estou marcado, — disse ele, arregaçando as mangas. — Meu Deus! Olha! Os meus pulsos.

— E depois? — Disse ela. — Um homem marcado. Isso vai desaparecer.

— Mas não esta noite.

Ela disse:

— Espero estar grávida. É a altura certa do mês.

— Isso seria uma chatice para mim.

— Mas para mim não, — retorquiu ela. — Seria um óptimo memorial. Uma recordação decente.

Ele disse:

— Não sabes o que estás a dizer.

— Sei muito bem. Gostavas que eu te informasse?

— Não.

— É contigo.

Ele disse:

— Tinha-me esquecido de como as drogas fazem com que a coisa mais entediante seja tolerável. Espero que corra tudo bem contigo.

Saiu para a rua. Começou a andar com um passo apressado, mas, para onde, não sabia. Tinha esvaziado a mente; havia coisas boas, só que não eram alcançáveis no momento. Se ao menos lhe passasse o efeito da droga. Finalmente lembrou-se do carro e voltou para o ir buscar. Conduziu rapidamente mas com cuidado. Lolly já teria acabado o que tinha a fazer na outra casa. Estaria agora de regresso, a cantar para a criança no carro. Esperava que ela estivesse bem. Pensou no prazer estampado no rosto da mulher ao vê-lo e na forma como o filho se virava ao som da sua voz. Tinha muito que ensinar ao rapaz. Pensou que os prazeres se apagam à medida que ocorrem — nunca nos conseguimos lembrar do último cigarro. Se a felicidade se acumula não é porque está na circulação do sangue, ela é a própria circulação do sangue.

Abriu a porta de casa. Ainda não se tinha habituado ao tamanho e à claridade da cozinha, nem ao silêncio, pouco habitual em Londres. O frigorífico mais parecia um quarto. Tirou os alimentos e colocou-os em cima da mesa. Agora tinha que ir ao supermercado comprar o champanhe.

Antes de sair abriu a porta do seu escritório. Há uns dias que não se sentava à secretária. Gostava de pensar que havia outras coisas que lhe davam mais prazer, que não estava viciado na escrita. Entrou e rabiscou rapidamente umas anotações. Agora não podia escrever mas depois de jantar iria para a cama com a mulher e o filho; quando eles tivessem adormecido, levantar-se-ia para trabalhar.

Sentado no carro, examinou os pulsos marcados, puxou as mangas da camisa para baixo. Antes nunca os cobria; conhecia alguns homens e muitas mulheres que exibiriam os ferimentos, cicatrizes ou cortes dos braços como marcas importantes.

Havia uma coisa que desejava ter dito a Natasha quando saiu — teria olhado para trás e visto o seu rosto na janela, a vê-lo descer as escadas. "Existem mundos e mundos e mundos dentro de nós". Mas talvez isso não significasse nada para ela.

Rapariga

Entraram na estação de Victoria e sentaram-se juntos, beijando-se ao de leve. Quando o comboio arrancou ela tirou o seu volume de Nietzsche e começou a ler. Virando-se para o homem ao seu lado, divertiu-se com o seu rosto, que estudava continuamente. Tirou as luvas para lhe limpar um pouco de creme de barbear das orelhas, remelas dos olhos e migalhas da boca, enquanto se ria para dentro. A combinação da sua vaidade com a sua inocência inconsciente encantava-a.

Nicole não queria ir visitar a mãe depois de todo este tempo, mas Majid, o seu amante, bastante mais velho que ela, — parecia-lhe demasiado banal chamar-lhe "namorado" — tinha-a convencido a ir. Ele tinha curiosidade sobre tudo o que lhe dissesse respeito; fazia parte do amor. Tinha-lhe dito que seria bom para ela "restabelecer relações"; ela agora estava mais forte. No entanto, durante o último ano, em que se tinha recusado a falar com mãe e a dar-lhe a sua morada, Nicole suprimiu muitos pensamentos tormentosos do passado; fantasmas que receava regressassem como resultado desta viagem.

Será que Majid não sentia o seu desconforto? Provavelmente sentia. Ela nunca tivera ninguém que a ouvisse de forma tão atenta ou a levasse tão a sério, como se quisesse ocupar cada parte dela. Ele era a pessoa com o carácter mais forte que ela conhecia, à excepção do pai. Estava habituado a fazer tudo à sua maneira e muitas vezes ignorava o que ela queria. Tinha medo que ela fugisse.

Ele não conhecia a mãe dela. Podia ser incoerente, estar no meio de uma das suas fúrias, ou pior. Já assim tinha cancelado três vezes a visita, uma das quais com uma voz ébria, prestes a tornar-se malévola. Nicole não queria que Majid pensasse que ela — com metade da idade da mãe — se viria a parecer com ela aos cinquenta. Ele tinha recentemente dito a Nicole que a considerava, de uma certa forma, "escura". Nicole estava preocupada que a mãe também achasse Majid escuro, mas num outro sentido.

Logo após ter deixado a estação, o comboio atravessou o brilhante rio de Inverno. Atravessaria os subúrbios e depois o campo, chegando duas horas depois a uma cidade à beira-mar. Felizmente a viagem não era longa e na semana seguinte partiriam para Roma; em Janeiro ele ia levá-la à Índia. Queria que ela visse Calcutá. Nunca mais viajaria sozinho. O seu prazer centrava-se apenas nela.

De mãos dadas olharam as escolas vitorianas e as pequenas garagens situadas por baixo de arcos ferroviários. Havia campos de futebol gelados, lotes de terreno e traseiras de complexos industriais onde eram fabricados os mosaicos de cortiça e as loiças de casa de banho, bem como armazéns de alcatifas e lojas de artigos em metal. Quando a paisagem se tornou mais ampla, os carris estenderam-se em todas as direcções, uma panóplia de possibilidades. Majid disse que passar nos arredores de Londres o fazia lembrar de quão velha era a Grã Bretanha, e de quão delapidada.

Ela deixou cair a mão no colo dele e acariciou-o à medida que ele absorvia tudo, fazendo comentários àquilo que via. Estava bonito na sua camisa de seda, cachecol e gabardina. Ela também se vestia para ele e não conseguia entrar numa loja sem se interrogar sobre o que é que ele gostaria. Uns dias antes ela tinha cortado o seu cabelo escuro, que agora roçava a gola de pêlo do sobretudo que usava com botas até aos joelhos. Ao lado tinha a mala onde guardava as vitaminas, o jornal e o creme para os lábios, bem como o espelho que a convenceu de que as suas pálpebras estavam a desenvolver novas dobras e linhas à medida que se enrugavam. Essa manhã tinha arrancado o seu primeiro cabelo branco, colocando-o dentro de um livro. Mas ainda tinha marcas, uma na face e outra no lábio superior. Antes de saírem Majid obrigou-a a disfarçá-las com maquilhagem, que ela nunca usava.

— No caso de encontrarmos alguém que eu conheça, — disse ele.

Era bem relacionado, mas ela tinha a certeza de que não encontrariam ninguém no sítio para onde iam. No entanto obedeceu-lhe.

Ela forçou-se a retomar a leitura. Não muito depois de se terem conhecido, há dezoito meses, ele sublinhou:

— Tu andaste na universidade, mas as coisas devem ter mudado desde a minha altura. — Era verdade que ela não conhecia certas palavras: "confundir", "pejorativo", "empírico". Na casa que agora partilhavam, ele tinha milhares de livros e conhecia todos os escritores, compositores e pintores. Como ele evidenciou, ela nunca tinha ouvido falar de Gauguin. Às vezes, quando ele falava com os amigos, ela não fazia ideia do que é que estavam a discutir, convencendo-se de que se a sua ignorância não o incomodava, era porque valorizava apenas a sua juventude.

Era evidente que ele considerava a conversação um prazer. Tinha há pouco tempo ocorrido um incidente instrutivo quando foram tomar chá a casa da mãe da melhor amiga dela. Esta mulher, uma professora de sociologia, conhecia Nicole desde os treze anos, e provavelmente continuava a achá-la intensamente destituída de conteúdo. Nicole achava-a calma, cheia de experiência e, sobretudo de conhecimentos. Há cinco anos, quando um dos namorados da mãe bateu no irmão de Nicole, esta mulher recolheu-a durante algumas semanas. Nicole sentava-se imóvel no apartamento, rodeada por paredes de livros e quadros. Tudo, a não ser umas passagens ocasionais de música calma, lhe parecia vago e irrelevante.

Quando a foi visitar com Majid, à meia-noite só ainda tinha conseguido separar a mão dele da daquela mulher. Nicole tinha então que o convencer a ir embora, ou pelo menos a desistir da garrafa de *whisky*. Entretanto a mulher estava a confessar as suas paixões mais penosas e a dizer a Majid que o tinha visto liderar uma manifestação nos anos setenta. Um homem como ele, clamava ela, tinha que ter uma mulher substancial! Foi só quando ela foi buscar a sua poesia, que tinha intenções de lhe ler, que Nicole conseguiu agarrá-lo pelos cabelos, tudo o que precisava para o fazer sair dali.

Oferecendo-lhe a conversação de qualidade de que ela precisava, ele simplesmente entrara em cena e seduzira a mãe da sua melhor amiga! Nicole tinha-se sentido a mais. Não que ele tivesse notado. Ao tirá-lo dali para fora, lembrou-se de uma ocasião, quando tinha cerca de quatorze anos, em que tivera que tirar a mãe da casa de um vizinho, arrastando-a para o outro lado da estrada já sem acção nas pernas, com a rua inteira a olhar para elas.

Ele ria-se cada vez que ela lhe lembrava a ocasião, mas deixava-a com uma sensação de desconforto. Não era a aprendizagem que lhe interessava. Majid tinha passado grande parte da sua juventude a ler, para se interrogar mais tarde que tipo de aventuras tinha perdido por causa disso. Declarava que os livros podiam ser um entrave àquilo que de importante existe entre as pessoas. Mas ela não se conseguia sentar, ler ou escrever, ou fazer fosse o que fosse, sem procurar companhia. Nunca ninguém lhe ensinara os benefícios da solidão. O acordo a que tinham chegado era o seguinte: quando ela estivesse a ler ele deitar-se-ia ao seu lado, observando-lhe os olhos, suspirando cada vez que os seus dedos mudassem de página.

Não; a sua maior queixa era que ela não conseguia converter os sentimentos em palavras e esperava que ele a entendesse por clarividência.

A experiência tinha-a ensinado a manter-se calada. Tinha passado a infância no meio de gente rude cujas histórias Majid se divertia a ouvir, como se fossem personagens de banda desenhada. Mas essas pessoas chegaram a ser uma ameaça. Ao notarem algum tipo de mudança na voz de alguém, suspeitavam da sua ambição e desejo de as deixar para trás. Isto causava inveja, escárnio, ódio; Londres era considerada uma "fraude" e as pessoas fingidas. Ao pensar nisto, apercebeu-se de que durante todos os dias da sua vida tinha tido medo, tanto física como emocionalmente. Mesmo agora só conseguia acalmar quando estava na cama com Majid, receando que se não estivesse atenta, seria mandada de volta para casa no comboio.

Virou umas páginas do livro, agarrou o braço dele e aconchegou-se contra ele. Estavam juntos, e amavam-se. Mas havia medos que não eram habituais. Como Majid lhe lembrava quando discutiam, ele tinha abando-nado a sua casa, mulher e filhos por ela. Essa manhã, quando ele foi visitar os filhos e falar dos seus estudos, ela tinha ficado bastante nervosa à sua espera, convencendo-se de que ele iria dormir com a mulher e voltar para ela. Era perturbador, querer alguém assim. Quando é que se conseguiria ter o suficiente da outra pessoa? Talvez fosse mais fácil não querer de todo. Quando um dos filhos esteve doente, ele passou umas noites na sua antiga casa. Queria ser um bom pai, explicou, acrescentando, em tom brus-co, que ela não tinha qualquer experiência nessa área.

Em tempos costumava sair com o seu vestido branco, sem voltar para casa. Gostava de ir a clubes e a festas, ficando fora toda a noite, dormindo em qualquer lado. Tinha inúmeros conhecimentos que achava estranho apresentar a Majid, uma vez que este não tinha nada para lhes dizer.

— Os jovens, por si só, já não têm interesse, — dizia ele em guisa de sentença.

Ele afirmava que era ela que se estava a afastar deles. Era verdade que estes amigos — que ela vira como espíritos livres, e que agora vegetavam nas suas casas ocupadas, praticamente inertes sob o efeito das drogas — tinham falta de imaginação, poder de resolução e ardor e que ela achava difícil contar-lhes a sua vida, receando que não a aceitassem bem. Mas Majid, outrora editor de jornais radicais, também podia ser bastante pe-dante. Numa ocasião acusou-a de o tratar como um pai ou um companhei-ro de casa e de não perceber que ela era a única mulher com quem ele não conseguia deixar de dormir. E no entanto não tinha ela esperado dois anos enquanto ele ainda dormia com outra pessoa? Cada vez que ela se lembrava da altura em que ele foi de férias com a família, avisando-a no dia anterior, mesmo tendo-a simultaneamente pedido em casamento, só lhe apetecia bater com a cabeça nas paredes. As crianças dele eram lindas, mas no parque as pessoas presumiam que eram dela. Eram parecidas com a mãe e ligavam-no a ela para sempre. Nicole tinha dito que não as queria lá em casa. Tinha querido puni-lo, e destruir tudo.

Deveria deixá-lo? Era fácil uma pessoa apaixonar-se. Era só render-se. Digerir a outra pessoa, no entanto, e sustentar um amor, era um trabalho sangrento e uma tarefa bastante difícil. Era constantemente assolada por sentimentos e medos. Se ao menos a mãe fosse sensível e acessível. E à mulher com quem ela costumava discutir estes assuntos — a mãe da sua melhor amiga — Nicole estava demasiado embaraçada para recorrer.

Ela notou que o comboio abrandava.

— É aqui? — Perguntou ele.

— Receio bem que sim.

— Podemos ir até à beira-mar?

Ela guardou o livro e calçou as luvas.

— Majid, outro dia.

— Sim, sim, temos tempo para tudo.

Ele pegou-lhe no braço.

Saíram da estação para uma área suburbana de passagens inferiores, blocos de escritórios em vidro, multidões apressadas, solitários estáticos e jovens pedrados com roupas coçadas.

— América de segunda, — chamou-lhe Majid.

Ficaram vinte minutos numa bicha à espera de autocarro. Ela não o deixou chamar um táxi. Por algum motivo achava que seria condescender. De qualquer forma não queria chegar muito cedo. Sentaram-se à frente, no andar de cima do autocarro, à medida que este os afastava do centro. Deslizaram através de ruas sinuosas e passaram campos. Ele estava surpreendido como é que aquele autocarro lento e pesado conseguia de todo subir as colinas. Isto não era nem cidade nem campo; não era nada senão áreas relvadas, arcadas de lojas necessárias, igrejas e casas suburbanas. Ela mostrou-lhe a escola onde tinha andado, as lojas onde tinha trabalhado por uma ninharia, os parques onde tinha esperado por vários namorados.

Também ele estava com um pouco de receio daquele sítio. O seu pai tinha sido um político indiano e quando os pais se separaram ele fora criado pela mãe a oito milhas de distância. Gostavam de falar do facto de ele já estar na universidade quando ela nasceu; de que quando ela estava a aprender a andar, ele já estava a viver com a sua primeira mulher; que ele pode ter feito festinhas na cabeça de Nicole ao passar por ela na rua. Partilhavam a fantasia de que, durante anos, ele tinha estado à espera que ela crescesse.

Estava frio quando desceram do autocarro. O vento cortava através dos espaços abertos. Parecia já estar a escurecer. Andaram mais do que o que ele imaginava que teriam que andar, e por cima de lama. Ele queixou-se que ela lhe devia ter dito para usar outros sapatos.

Ele sugeriu que comprassem qualquer coisa para a mãe dela. Conseguia ser extremamente educado. Até dizia "perdão" na cama, sempre que fazia um movimento brusco. Entraram num supermercado bem iluminado e perguntaram se tinham flores. Não havia. Então perguntou se tinham saquetas de chá *lapsang souchong*, mas antes que a empregada pudesse responder, Nicole puxou-o para fora.

A área era sombria sem ser triste, apesar de ter sido pintada uma cruz suástica na vedação. A casa da mãe dela ficava numa descida coberta de relva, numa construção dos anos sessenta, com vista para um parque. À medida que se aproximavam, os pés de Nicole pareciam arrastar-se. Finalmente parou e abriu o casaco.

— Abraça-me, — ele sentiu-a tremer. Ela disse: — Não consigo entrar a não ser que digas que me amas.

— Amo-te, — disse ele, abraçando-a. — Casa comigo.

Ela beijava-lhe a testa, os olhos, a boca.

— Nunca ninguém gostou de mim como tu.

Ele repetiu:

— Casa comigo. Diz que casas, diz.

— Oh, não sei, — replicou ela.

Ela atravessou o jardim e bateu na janela. A mãe veio à porta imediatamente. O corredor era estreito. A mãe beijou a filha e a seguir Majid na face.

— Estou tão contente de vos ver, — disse ela timidamente. Não parecia ter estado a beber. Olhou para Majid e disse: — Quer uma visita guiada? — Parecia esperar que ele respondesse afirmativamente.

— Seria óptimo, — disse ele.

Em baixo os quartos eram quadrados, pintados de branco mas vazios. Os tectos eram baixos, a alcatifa grossa e verde. Havia um conjunto de três peças de mobiliário — cada uma delas parecendo um barco — em frente à televisão.

Nicole estava desejosa de levar Majid para o andar de cima. Guiou-o pelas salas que tinham sido o cenário das histórias que lhe tinha contado. Ele tentou imaginar as cenas. Mas os quartos que em tempos tinham sido habitados por hóspedes — motoristas de carrinhas, homens das mudanças, carteiros e operários — estavam agora vazios. O papel de parede estava rasgado e descolorado, as cortinas não eram lavadas há uma década, nem as janelas limpas; havia colchões podres encostados às paredes. No corredor as tábuas do soalho estava nuas, cheias de pregos saídos. O que para ela fervilhava de recordações de vida estava para ele impregnado de sordidez.

As mãos da mãe tremiam ao servir-lhes sumo, entornando-o em cima da mesa.

— Isto é muito sossegado, — disse ele para a mãe. — O que é que faz durante o dia?

Ela pareceu perplexa mas pensou durante uns momentos.

— Realmente não sei, — disse ela. — O que é que fazemos todos? Costumava cozinhar para os homens, mas correr atrás deles arrasou-me.

Nicole levantou-se e saiu da sala. Houve um silêncio. A mãe observava-o. Ele reparou que parecia ter uns ferimentos arroxados por baixo da pele.

Ela perguntou:

— Gosta dela?

Ele gostou da pergunta.

— Muito, — respondeu. — E você?

Ela olhou para baixo. Depois pediu:

— Tome conta dela, sim?

— Tomo. Prometo.

Ela assentiu com a cabeça:

— Era tudo o que eu queria saber. Agora vou fazer o jantar.

Enquanto a mãe cozinhava, Nicole e Majid esperaram na sala de estar. Este disse que, como ele, ela parecia sentar-se apenas na ponta das cadeiras e sofás. Ela chegou-se para trás em reconhecimento. Ele começou a andar pela sala, cheio de coisas para dizer.

A mãe dela era inteligente e dignificante, disse, e devia ser dela que Nicole tinha herdado a sua graça. Mas aquele local, apesar de não ser sórdido, era desolador.

— Sórdido? Desolador? Espera aí! Do que é que estás a falar?

— Tu disseste que a tua mãe era egoísta. Que se punha sempre a ela e aos seus homens, em particular, à frente dos filhos.

— O que eu disse...

— Bem, eu estava à espera de uma mulher que se mimasse a ela própria. Mas nunca estive numa casa tão fria. — Fez um gesto indicando a sala no seu todo. — Não há recordações, não há fotografias de família, não há um único quadro. Tudo o que é pessoal foi apagado. Não há nada que ela tivesse feito, ou escolhido para reflectir...

— Tu só fazes aquilo que te interessa, — disse Nicole. — Trabalhas, sentas-te em reuniões, comes, viajas e falas. "Faz só aquilo que te dá prazer", dizes-me constantemente.

— Sou um miúdo dos anos sessenta, — replicou ele. — Era uma época romântica.

— Majid, a maioria das pessoas não se pode dar ao luxo de levar uma vida tão cheia de prazeres. Nunca levaram. Os teus anos sessenta são mas é um grande mito.

— O que me preocupa não é a falta de opulência, mas a pobreza de imaginação. Faz-me pensar o que é que significará a cultura...

— Significa vaidade e snobismo...

— Não estou a falar desse aspecto da cultura. Ou do aspecto decorativo. Mas da cultura como expressão indispensável da humanidade, como uma forma de se dizer, "Aqui há prazer, desejo, vida! É isto o que as pessoas fizeram!"

Antes tinha dito que a literatura, de facto, a cultura no seu todo, era uma celebração da vida, senão uma declaração de amor pelas coisas.

— Aqui, — continuou, — o que me surpreende não é a ganância nem o egoísmo das pessoas. Mas antes o pouco que as pessoas pedem da vida. Que exigências tão escassas fazem, e a que trabalhos são capazes de se dar para atenuar a sua fome de experiência.

— Isso surpreende-te, — disse ela, — porque tu só conheces gente bem sucedida e egoísta que só faz aquilo que gosta. Mas a maioria das pessoas não fazem grande coisa a maior parte do tempo. Só querem chegar ao fim de mais um dia.

— Ah é? — Pensou sobre isto e disse que todas as manhãs acordava em ebulição e cheio de planos. Queria muito, tanto do mundo como das outras pessoas. Acrescentou: — E de ti.

Mas era capaz de perceber a esterilidade, pois apesar de toda a "cultura" que ele e a sua segunda mulher tinham partilhado, os seis anos com ela tinham sido áridos. Agora tinha este amor, e ele sabia que era amor por causa da desolação que o precedera, que lhe tinha permitido ver o que era possível.

Ela beijou-o.

— Tesouro, tesouro, — disse-lhe.

Apontou para a porta aferrolhada de que lhe falara. Queria descer à cave, mas a mãe chamava-os.

Sentaram-se na cozinha, onde a mesa tinha sido posta para dois. Nicole e a mãe viram-no olhar para a comida.

— É engraçado dar comida indiana a um indiano, — disse a mãe. — Não sabia o que você costuma comer.

— Está óptimo, — disse ele.

Ela acrescentou:

— Pensei que você era mais indiano.

Ele sacudiu a cabeça.

— Vou tentar ser. — Houve um silêncio. Depois ele disse-lhe, — Ontem foi o meu aniversário.

— A sério, — surpreendeu-se a mãe.

Ela e a filha olharam uma para a outra e riram-se.

Enquanto ele e Nicole comiam, a mãe, que era magríssima, sentou-se a fumar. Às vezes parecia estar a observá-los, outras caía numa espécie de sonho acordada. Estava com um temperamento estável e parecia preparada para ficar ali sentada todo o dia. Majid deu por ele a procurar a fúria que havia nela, mas pareceu-lhe mais resignada do que qualquer outra coisa, fazendo-lhe lembrar ele próprio em certos estados de espírito: sem esperança ou desejo, toda a curiosidade suprimida na tristeza e confusão agitada da sua mente.

Passado um bocado perguntou a Nicole:

— O que é que vais fazer agora? Como é que vai o teu trabalho?

— Trabalho? Despedi-me. Não te tinha dito?

— Do programa de televisão?

— Sim.

— Porquê? Era um óptimo emprego.

Nicole disse:

— Esgotava-me para nada. Agora tenho a energia para fazer aquilo que eu quero, não aquilo que acho que devo fazer.

— O que é que queres dizer com isso? — Perguntou a mãe. — Ficas na cama todo o dia?

— Só fazemos isso de vez em quando, — murmurou Majid.

A mãe continuou:

— Não acredito que tenhas deixado um emprego como esse! Eu nem numa loja consigo arranjar trabalho. Disseram que eu não tinha experiência suficiente. Eu perguntei-lhe que experiência é que era precisa para vender carcaças.

Em voz baixa, Nicole falou das coisas que tinha vindo a prometer a ela própria — desenhar, dançar, estudar filosofia, levar uma vida saudável. Perseguiria aquilo que lhe interessava. Depois olhou-o nos olhos, tendo-se lembrado de uma das suas estranhas teorias que a intrigavam e alarmavam. Ele afirmava que o que ela precisava não eram ensinamentos mas sim um professor, alguém que a ajudasse e guiasse; talvez uma espécie de marido. Ela surpreendeu-se a sorrir da forma como ele relacionava tudo com eles.

— Deve ser fantástico, — disse a mãe. — Fazer só aquilo que te apetece.

— Vou ficar bem, — respondeu Nicole.

Depois de almoço, na sala, Nicole puxou o ferrolho e ele desceu com ela um obscuro lanço de escadas. Era a cave, onde ela, a irmã e o irmão costumavam dormir, Nicole usando um carapuço e um cachecol de lã, uma vez que a mãe só aquecia o quarto da frente. A divisão húmida dava para um pequeno jardim, onde as crianças tinham que urinar se o ferrolho estivesse trancado. À volta havia campos.

À noite, já tarde, ouviam os gritos e os ruídos violentos no andar de cima. Se um dos namorados da mãe — quem quer que fosse o homem que tinha tomado o lugar do pai — se tivesse esquecido de trancar a porta, Nicole vestia o casaco e calçava as botas para ir, às escondidas, lá para cima. Eram necessárias as botas devido aos cinzeiros entornados e aos vidros partidos. Certificava-se de que a mãe não tinha sido cortada ou ferida e tentava convencer os outros a irem para a cama. Uma manhã a parede estava esmurrada, com restos de sangue e cabelo, no local contra o qual a mãe tinha sido empurrada. A polícia veio diversas vezes.

Majid observava enquanto Nicole remexia em pastas contendo velhos livros da escola, revistas, fotografias. Abriu vários sacos para procurar algumas roupas que queria levar para Londres. Isto ainda levaria o seu tempo. Resolveu subir e esperar por ela lá em cima. No caminho cruzou-se com a mãe.

Andou de um lado para o outro, pensando em que sítio da casa se teria enforcado o pai de Nicole. Não tinha tido coragem de perguntar. Pensou como seria viver uma vida normal e, no dia seguinte, o nosso marido assassinar-se, deixando-nos com três filhos.

Ao voltar parou uns instantes no cimo das escadas. Estavam a conversar; não — a discutir. A voz da mãe, suave e contida antes, tinha agora ganho um registo de fúria. A casa parecia transparente. Ele conseguia ouvi-las, tal como a mãe o deve ter ouvido a ele.

— Se ele te pediu — dizia ela. — e se não está a brincar, devias aceitar. E se tens ciúmes do raio dos filhos dele, tem alguns com ele também. Isso vai prendê-lo a ti. Ele está bem na vida e é inteligente. Pode estar com quem bem entender. Por acaso sabes o que é que ele vê em ti, a não ser sexo?

— Ele diz que me ama.

— Não estás a gozar comigo. Ele sustenta-te?

— Sustenta.

— A sério?

— Sim.

Silenciosamente Majid sentou-se no último degrau. Nicole lutava para manter a dignidade e o senso que se tinha proposto essa manhã.

A mãe disse:

— Se parares de trabalhar podes acabar sem nada. Como eu. É melhor certificares-te de que ele não te deixa por outra mais nova e mais bonita.

— Porque é que ele faria isso? — Perguntou Nicole em tom sério.

— Porque já o fez.

— Quando?

— Idiota, quando se envolveu contigo.

— Sim, sim, já fez.

— Os homens são umas grandes bestas.

— Sim, sim.

Então a mãe disse:

— Se não estiveres bem podes sempre ficar aqui por uns tempos. — Hesitou. — Não vai ser nada como antigamente. Eu não te vou chatear.

— Até sou capaz de fazer isso. Posso?

— Vais ser sempre o meu bebé.

Nicole deve ter andado a arrastar caixas; a sua respiração tornou-se mais pesada.

— Nicole, não me desarrumes a casa. Depois sou eu que tenho que arrumar isso tudo. De que é que andas à procura?

— Tinha uma fotografia do pai.

— Não fazia ideia.

— Sim. Pouco depois — disse Nicole. — Aqui está ela.

Ele imaginou-as a examiná-la juntas.

— Antes de fazer aquilo, — comentou a mãe, — ele disse que nos ia mostrar, ensinar-nos uma lição. E ensinou.

Parecia que estava orgulhosa do marido.

No andar de cima Nicole arrumou as roupas numa mala, depois voltou a descer para procurar algo num armário; depois disso lembrou-se de outras coisas que queria.

— Tenho que fazer isto, — dizia ela, movimentando-se com pressa de um lado para o outro.

Ele apercebeu-se de que ela poderia querer ficar, que poderia obrigá-lo a voltar sozinho. Vestiu o casaco. Esperou impaciente no corredor.

A mãe disse-lhe:

— Você está cheio de pressa.

— Estou.

— Tem alguma coisa para fazer em casa?

Abanou a cabeça:

— Muitas coisas.

— Você não gosta de estar aqui, já reparei.

Ele não respondeu.

Para seu alívio viu Nicole aparecer e pôr o cachecol. Beijaram a mãe e apressaram-se a partir pelo caminho por onde tinham vindo. Chegou o autocarro; depois esperaram pelo comboio, batendo com os pés no chão. À medida que o comboio iniciava a marcha, ela tirou o livro da mala. Ele olhou-a; havia coisas que lhe queria perguntar, mas ela tinha-se colocado fora do seu alcance.

Já perto de casa pararam para comprar jornais e revistas. Depois compraram pão, massa, vegetais, iogurtes, vinho, água, sumo e florentinos. Dispuseram as compras na mesa da cozinha, onde havia livros e CDs, convites e postais de aniversário empilhados, com os brinquedos dos filhos dele espalhados por baixo. Foi só então que ela se deu conta de que tinha deixado o saco com as roupas algures, provavelmente no comboio. Vieram-lhe lágrimas aos olhos, mas depressa se deu conta de que as roupas não lhe interessavam para nada; nem sequer as queria, dizendo logo a seguir que podia sempre comprar outras.

Ele sentou-se à mesa com os jornais e perguntou-lhe que música é que lhe apetecia ouvir, ou se tanto lhe fazia. Ela abanou a cabeça e foi tomar um duche. Depois andou pela casa nua, antes de estender uma toalha no chão e se sentar em cima dela para pôr creme nas pernas, suspirando e entoando a música enquanto o fazia. Ele começou a preparar o jantar, a cada passo olhando para ela, uma das suas ocupações preferidas. Comeriam em breve. Depois levariam chá e vinho para a cama; ali deitados durante horas, falariam de tudo, sabendo que depois acordariam juntos.

A Chupar No Dedo

Algo, por mais parco que fosse, que a fizesse ansiar por cada novo dia, era o que ela desejava. Todas as noites, quando regressava da escola por entre o tráfego suburbano, irritada e desatenta, com um livro falado no leitor de cassetes e o filho sentado no banco de trás, Marcia esperava encontrar na caixa do correio uma carta de alguma editora ou agente literário. Ou de um teatro, no caso de uma peça. Às vezes — com bastante frequência até — recebia "encorajamentos". É uma coisa que não custa nada dar, mas que para ela era vital.

Ao abrir a porta, ao mesmo tempo que Alec, o filho, corria a ligar a televisão, encontrou sobre o tapete, escrito a tinta preta num cartão cinzento extremamente formal, um bilhete da célebre escritora Aurelia Broughton. Marcia leu-o duas vezes.

— Isto é excitante, — disse ela a Alec. — Podes olhar para ele mas não lhe toques. — Ele era aluno da escola onde ela dava aulas a crianças de sete anos. Leu de novo o bilhete. — Aqueles suínos do grupo de escritores vão ficar interessadíssimos. É melhor irmos andando.

Há três anos Marcia tinha visto uma das suas histórias publicada numa revista que se dedicava à divulgação de novos escritores. No ano anterior uma peça sua, com a duração de uma hora, tinha sido posta em cena num dos centros culturais locais. Tinha sido encenada por um jovem directo, honesto e determinado que trabalhava em publicidade mas adorava o teatro.

Marcia ficara decepcionada pelo facto de os actores se parecerem tão pouco com as pessoas em que eram baseadas as personagens. Um dos homens até tinha bigode. Que descuidados tinham sido os actores ao conduzir a peça numa direcção que ela não tinha previsto! A seguir tinha havido um debate no bar. Tinham vindo alguns membros do grupo de escritores para a apoiar. Os jovens rostos histriónicos, os acenos das mãos e as interrupções passionais começaram a animá-la. Era o trabalho dela que estavam a discutir!

O director chamou-a de parte e disse-lhe:

— Tem que mandar a peça para o National Theatre! Eles precisam de novos escritores.

Tinha-se esquecido de que Marcia ia completar quarenta anos nesse ano.

Dois meses depois, quando a peça foi devolvida, ela nem sequer abriu o envelope. Não sabia como poderia continuar. Já se sentira assim diversas vezes, mas agora tornava-se mais ominoso. Há dez anos que escrevia e nunca tinha perdido a esperança. A necessidade de ser publicada e o orgulho que isso lhe traria estavam a tornar-se cada vez mais notórios.

Recentemente tinha ganho o hábito de escrever na cama, por vezes durante quinze minutos. Outras durava apenas cinco. De manhã — ah, a falta de força de vontade e a perda de clareza das palavras pela manhã! — escrevia em pé em cima da mesa da sala de jantar já com o sobretudo vestido, a pasta da escola organizada e o filho à espera à porta, brincando com a bola de ténis. Era o máximo que conseguia fazer. Outras vezes queria molestar-se com todas as suas forças. Mas a auto-mutilação era uma linguagem imprecisa. As cicatrizes eram incapazes de falar.

Marcia deitou o cartão para o interior da mala, onde estavam também as suas canetas e o seu formidável bloco de notas onde fazia anotações. Chamava-lhes "ferramentas da sua paixão".

Enquanto Alec lanchava, telefonou a Sandor, o seu "namorado" — apesar de ter prometido não falar com ele — e contou-lhe acerca do postal.

Ele não prestou grande atenção ao seu entusiasmo; era algo que ele não entendia. Mas ela não podia perder a coragem.

Foram de carro até à casa da mãe dela, a dez minutos dali. Era a casa simples e semi-independente onde fora criada e onde a mãe vivia agora sozinha.

Deixou Alec sair do carro, dando-lhe a mochila com as coisas para a noite.

— Corre para a porta e toca a campainha. Não tenho tempo para entrar.

Marcia conduziu até ao fim da rua sossegada, onde andara de bicicleta em criança. Fez inversão de marcha e passou pela casa, apitando e acelerando enquanto a mãe corria para o portão em chinelos, levantando a mão como que para parar o carro, com Alec no seu encalço.

Os membros do grupo de escritores estavam a fazer chá e a dispor as cadeiras no frio auditório do bairro onde se encontravam uma vez por semana. Nas outras noites era utilizado por escuteiros, cadetes da força aérea e trotskystas. Marcia tinha formado o grupo através de um anúncio num jornal local. Era para se chamar, originalmente, círculo de leitores; achava que assim adeririam mais pessoas. No último minuto mudou o nome de "leitores" para "escritores". Duas dúzias de poemas, guiões e um romance inteiro entraram na sua caixa de correio. Não era a única a querer influenciar a realidade literária.

Doze deles sentavam-se em cadeiras duras dispostas em círculo, lendo uns para os outros. Durante os últimos dois anos tinham declamado confissões terríveis aliciando apenas o silêncio e as lágrimas; os sonhos e as fantasias; episódios de séries televisivas e, ocasionalmente, alguma escrita de fogo e imaginação, normalmente produzida por Marcia.

O grupo não teria nenhum líder oficial. No entanto, Marcia via-se frequentemente nessa posição. Gostava da admiração e até da pontinha de inveja, que considerava "literária". Mantinha sempre pelo menos uma biografia de um autor na mesinha de cabeceira, e tinha consciência de que a escrita era um desporto de contacto. Marcia também gostava de falar da escrita e do desenvolvimento da criatividade como se fossem um mistério que ela dominaria um dia. Tinha consciência de que o que queria era considerar a relação entre linguagem e sentimento, ouvir os nomes dos escritores e falar dos seus assuntos e das suas podres vidas privadas.

Achava também que isso era indulgência. A vida não se reduzia àquilo que gostamos de fazer todo o dia. Mas não era isso que fazia Aurelia Broughton?

Os enfermeiros, contabilistas, assistentes em livrarias e funcionários públicos que compunham o grupo de escritores — todos, de alguma forma, contrariados — davam o seu melhor. Todos eles acreditavam e tinham a convicção, a esperança, de que podiam interessar e prender outra pessoa. Escreviam quando podiam, durante a hora de almoço ou ao serão. No entanto as suas histórias esparvoadas caíam num abismo, nunca vencendo a distância eléctrica entre as pessoas. Estes "escritores" cometiam erros crassos mas ficavam surpresos e amargurados quando outros membros do grupo lhos apontavam. Não acreditava que ela própria fosse assim tão tola; não podia acreditar. Nenhum deles podia.

— Protesto, protesto, protesto.

Marcia pôs os óculos e olhou o jovem que se tinha levantado para ler, um empregado de mesa numa pizzaria na baixa. Já tinha ido a casa dela e brincado com Alec. Era bonito, mas um pouco mortiço. Tinha um fraquinho por Marcia. Houve uma altura, depois de ter lido um pouco de George Sand, em que ela chegou a considerar dar-lhe uma oportunidade. Ele antes chorava quando lhe pediam para ler alto. Marcia arrependeu-se de o ter convencido a partilhar o seu trabalho com eles. Este rapaz tinha escrito uma longa história sobre um empregado de mesa numa pizzaria a tentar dar à luz uma ténia que crescia no interior do seu corpo. À medida que o grosso e cinzento verme fazia o seu enlameado progresso para a luz, através do recto do empregado — e Deus tinha demorado menos tempo a fazer o mundo — Marcia baixou a cabeça e releu o cartão de Aurelia Broughton.

Há duas semanas, na escola, Marcia tinha lido no jornal que Aurelia Broughton ia fazer uma leitura do seu último romance. Era nessa noite. Espontaneamente, mas com a clara consciência de que estava ávida de influência, deixou Alec em casa da mãe e foi de carro para Londres. Estacionou num traço amarelo e conseguiu comprar o último bilhete. A sala estava cheia. Pessoas que tinham acabado de sair dos escritórios estavam em pé nas escadas. Os estudantes tinham-se sentado no chão de pernas cruzadas. Ouviram-se umas palmas ao acaso e depois um pedido de silêncio, quando Aurelia se dirigiu para o atril. No início estava nervosa, mas quando percebeu que a audiência estava com ela, pareceu entrar em transe; as palavras fluíam dela incessantemente.

Depois respondeu a várias perguntas respeitáveis feitas por pessoas que conheciam o seu trabalho. Marcia perguntou-se porque é que teriam vindo. Por que é que ela própria tinha vindo? Não apenas devido a um desejo de poesia e de algo em que se apoiar. Talvez conseguisse localizar o talento em Marcia só de olhar para ela. Estaria nos olhos, nas mãos, ou em todo o seu corpo? O talento revelar-se-ia sob a forma de inteligência, paixão ou de uma dádiva? Poderia ser desenvolvido? Olhar para Aurelia fez Marcia considerar as razões enigmáticas algumas pessoas pelas quais podem fazer certas coisas e outras não.

Aurelia fizera uma observação interessante. Marcia tinha por vezes pensado no seu próprio talento, tal como era, como uma velha lanterna que, tendo uma força de intensidade oscilante, se podia esgotar por completo.

No entanto, Aurelia tinha dito com grandiosa determinação:

— A criatividade é como o desejo sexual. Renova-se de dia para dia. — Continuou. — Nunca páro de ter ideias. Elas fluem em mim. Consigo escrever durante horas a fio. Na manhã seguinte mal consigo esperar para recomeçar.

Alguém na audiência fez o comentário:

— Então é como que uma obsessão.

— Não, uma obsessão não. É amor, — disse Aurelia.

A audiência queria uma vida transformada pela arte.

Marcia juntou-se à fila para autografar um caro exemplar de capa dura. A escritora estava rodeada de editores e funcionários da loja que abriam e lhe passavam os livros. Exibindo jóias, roupas caras e uma extravagante *écharpe* de seda, Aurelia sorriu e perguntou o nome a Marcia, pondo um "e" no fim em vez de um "a".

Marcia inclinou-se sobre a mesa:

— Eu também sou escritora.

— Quantos mais formos melhor, — replicou Aurelia. — Boa sorte.

— Escrevi...

Marcia tentou falar com Aurelia, mas havia pessoas atrás dela, a empurrar, munidas de canetas, perguntas, pedaços de papel. Uma assistente ajudou-a a afastar-se do caminho.

No dia seguinte, através do editor de Aurelia, Marcia mandou-lhe o primeiro capítulo do seu romance. Juntou uma carta dando conta da sua luta para perceber certas coisas. Há anos que tentava contactar escritores. Muitos nunca lhe responderam; outros diziam-lhe que estavam demasiado ocupados para a receberem. Agora Aurelia tinha-lhe mandado um bilhete convidando-a para tomar chá. Aurelia seria a primeira escritora a sério com quem se encontraria. Era uma mulher com quem Marcia poderia manter conversas vitais e objectivas.

Hoje Marcia abanou a cabeça em sinal de negação quando lhe perguntaram se tinha alguma coisa para ler ao grupo. Depois não foi tomar um copo com os outros, mas saiu imediatamente.

Ao entrar para o carro, o rapaz que tinha escrito a história do verme correu para ela.

— Marcia, não disseste nada. Estás a gostar da minha história? Não tenhas medo de ser implacável.

Ele recuava mesmo enquanto esperava pela sua resposta. Já tinha sido acusada, no grupo, de afastar as pessoas, desdenhar até. É verdade que algumas vezes tivera que sair disfarçadamente, devido a uma incontrolável vontade de rir.

Ele disse:

— Parecias perdida nos teus pensamentos.

— A escola, — disse ela. — Não me consigo libertar.

— Desculpa, pensei que fosse o verme.

— Verme?

— A história que eu li.

Ela disse:

— Não perdi nem um bocadinho. Está a sair, não está? A sair bem. — Deu-lhe umas pancadinhas no ombro e entrou para o carro. — Vemo-nos para a semana, em princípio.

A sala de estar estava cheia de brinquedos. Lembrou-se de uma amiga que disse que as crianças nos obrigavam a viver neste tipo de miséria. No canto da sala, a parede húmida tinha começado a desintegrar-se, deixando uma camada de pó branco na alcatifa. As prateleiras, pregadas de qualquer maneira nos suportes pelo marido incompetente, estavam abauladas no meio e a desprender-se dos tijolos.

Escreveu a Aurelia dizendo que estava ansiosa por se encontrar com ela à hora combinada.

Com o bilhete de Aurelia encostado aos romances e histórias da mesma, Marcia começou a escrever. Levaria mais uma grande parte do romance a Aurelia quando a visitasse. Era uma pessoa bem relacionada; podia ajudá-la a publicá-lo.

Na manhã seguinte levantou-se às cinco e escreveu na casa fria até às sete. Essa noite, quando Alec se foi deitar, escreveu durante mais uma hora. Normalmente, sempre que tinha uma ideia boa, pensava numa boa razão para o não ser. O entusiasmo do pai e o desamparo da mãe tinham criado uma criatura indecisa que tinha tido sucesso apenas em permanecer no mesmo sítio ao longo de toda a sua existência. Costumava martirizar-se — porque é que não consegues fazer isto, porque é que não consegues fazer melhor? — até o seu instinto de viver se transformar numa criança humilhada e assustada.

A urgência de preparar alguma coisa para Aurelia aboliu as dúvidas de Marcia. Era assim que ela gostava de trabalhar; existiam apenas caneta, papel e algo urgente a acontecer entre eles.

Durante o dia, mesmo quando gritava com as crianças ou ouvia as queixas dos pais, Marcia pensava com frequência em Aurelia, por vezes com uma certa irritação. Aurelia tinha-lhe pedido para ir a sua casa às quatro e meia, hora a que ainda estava na escola. Uma vez que Aurelia vivia na parte oeste de Londres, a duas horas de distância, Marcia teria que inventar uma desculpa para não ir trabalhar nesse dia e assim se poder preparar para a visita. Isto era o tipo de coisa com que os escritores famosos nunca tinham de se preocupar.

Alguns dias depois, estavam em pé na cozinha apertada que dá para o jardim onde ela, o pai e o irmão mais novo costumavam jogar ténis sobre uma rede minúscula, quando Marcia decidiu dar a boa notícia à mãe.

— A Aurelia Broughton escreveu-me. Sabe quem é, a escritora. Já ouviu falar dela, não?

— Sim, já ouvi falar dela, — respondeu a mãe.

A mãe era pequena mas larga. Usava duas camisolas de lã feitas à mão e um pesado casaco também de lã, que a fazia parecer ainda mais gorda.

A mãe disse:

— Já ouvi falar de muitos escritores. O que é que ela quer de ti?

Alec foi para o jardim jogar à bola. Marcia desejou que o pai estivesse vivo para jogar com ele. Todos sentiam a falta de um homem naquela casa.

— A Aurelia gostou do meu trabalho. — Marcia achou que tinha o direito de tratar a escritora pelo primeiro nome; tornar-se-iam amigas. — Quer falar sobre ele. É óptimo, não é? Está interessada naquilo que eu faço.

A mãe disse:

— Tens que me emprestar um livro dela para me actualizar.

— Neste momento estou a relê-los.

— Sim, mas durante o dia não podes ler. Estás na escola.

— Também leio na escola.

— Nunca me deixas participar nas tuas coisas. Afastas-me sempre para um lado. Estes são os últimos anos da minha vida...

Marcia interrompeu-a:

— Vou ter que escrever bastante nas próximas duas semanas.

Isto significava que a mãe teria que ficar com Alec à noite e parte do fim de semana. O pai ficava com ele aos sábados à tarde e trazia-o ao domingo.

Marcia disse:

— Ele pode passar o domingo consigo? — A mãe pôs uma expressão de cautela. — Por favor.

A mãe esboçou hoje as mesmas expressões que esboçava no passado, quando cuidava de duas crianças e um marido, tornando óbvio, pelo seu sofrimento, que achava a família opressiva e incapaz de lhe proporcionar qualquer prazer. Os depressivos têm vontades muito fortes, aniquilando qualquer tipo de vida sensível num raio de quilómetros.

— Tinha um encontro mas vou cancelá-lo, — disse a mãe.

— Se não lhe causar muito transtorno.

Desde que o pai de Marcia morrera, há seis anos, a mãe tinha começado a frequentar museus e galerias. À noite, depois de uma refeição de salmão fumado e queijo creme, ia com frequência ao teatro e ao cinema. Pela primeira vez desde a sua mocidade, tinha amigos com quem podia assistir a palestras e a concertos, voltar para casa de táxi, gastar o dinheiro que o pai tinha ganho na reforma. Começara até a fumar. A mãe tinha-se apercebido de que era tarde de mais para sentir pena de si própria.

Marcia não queria esperar trinta anos por isso.

Tinha, recentemente, ganho uma terrível consciência da vida. Deve ter coincidido com a altura em que começou a encontrar-se com homens atra-

115

vés da agência matrimonial, o que a fez sentir — bem, mórbida. Até muito recentemente, tinha vivido como se um dia encontrasse a cura para as suas feridas; esse alguém, um pai, um amante, um benfeitor, salvá-la-ia do caos.

Marcia só se tornou professora quase aos trinta anos. Ela e o marido tinham começado a dar-se pessimamente. Um dia empurrou-o, literalmente, da cama ao pontapé; ele correu para a rua em pijama e chinelos. Sem ele, ficou com um filho, um empréstimo à habitação e um rendimento de miséria, trabalhando num bar e escrevendo durante as manhãs. O primeiro dia no curso de ensino tinha sido horrível. Ela acreditara que viria a usar *écharpes* como Aurelia Broughton e a escrever com canetas de tinta permanente de ouro.

Marcia recolhia histórias de mulheres lutadoras que acabaram por ser reconhecidas como artistas. Acreditava na persistência e na dedicação. Se não se tornasse escritora, como é que conseguiria viver consigo própria e que valor poderia ter como pessoa? Quando fosse uma escritora a sério, a sua alma deixaria de estar escondida; as pessoas conhecê-la-iam tal como ela era. Ser artista, viver uma vida singular, com autodeterminação e seguir a imaginação para onde quer que nos conduzisse, era viver para nós mesmos e tornarmo-nos úteis. A criatividade, a fusão da razão com a imaginação, era a realização última da vida.

Quando passava por uma livraria e via dúzias de sucessos com capas lúgubres, sabia que estes maus e, frequentemente, jovens escritores estavam a fazer dinheiro. Parecia-lhe trágico e injusto que, ao contrário deles, ela não pudesse entrar nas lojas para comprar as mobílias e as roupas que queria.

— Tu detestas que eu me meta, — disse a mãe, — mas não vais querer chegar ao fim da tua vida e reparares que andaste a perder tempo.

— Como o pai?

— A encher folhas de papel com rabiscos toda a noite.

— Como é que expressarmo-nos pode ser uma perda de tempo?

Desde os oito anos, depois de ver Margot Fonteyn dançar, que Marcia quisera ser bailarina; ou pelo menos a mãe tinha-o desejado. Frequentara mesmo uma escola interna de *ballet* bastante cara enquanto a mãe, que nunca tinha trabalhado, empacotava caixas numa fábrica local para a pagar. Marcia abandonou a escola aos dezasseis anos para arranjar trabalho como bailarina, mas além de não ser tão boa como os outros e de lhe faltar a vaidade e o à vontade necessários, tinha horror de aparecer no palco. Actualmente a mãe tinha três pares de sapatilhas de *ballet* de Marcia por cima da lareira, para lembrar à filha como tinha desperdiçado os esforços da mãe.

— O Alec está sempre aqui, — disse a mãe. — Não é que eu não precise de companhia, mas era óptimo que essa escritora te desse alguns conselhos sobre o teu trabalho. Imagino que ela conheça pessoas nos jornais.

— Outra vez a história dos jornais?

A mãe tinha sugerido um dia que Marcia se tornasse jornalista, escrevendo para a página das mulheres do *Guardian*, sobre o *stress* no trabalho, ou o abuso de menores.

Marcia foi para a sala da frente. A mãe seguiu-a dizendo:

— Ganharias bom dinheiro. Podias ficar em casa e escrever romances ao mesmo tempo. Não seria mau se fizesses alguma coisa que te desse algum a ganhar.

Marcia tinha secretamente escrito artigos que tinha enviado para o *Guardian*, o *Mail*, a *Cosmopolitan* e outras revistas femininas. Tinham-lhe sido devolvidos. Era uma artista, não uma jornalista. Se pelo menos a mãe percebesse que elas eram diferentes.

Marcia começou a andar de um lado para o outro. O papel de parede tinha riscas vivas e só havia uma luz no tecto. O irmão dizia que era como viver dentro de um quadro de Bridget Riley. A gorda cadeira de braços com um *"pouffe"* à frente, onde a mãe punha as suas revistas e chocolates, enquadrava-se ali como a própria mãe, pesada e imóvel. Marcia não se queria sentar, mas não podia simplesmente ir-se embora quando precisava de alguns favores.

Marcia disse:

— Tudo o que eu quero é que a mãe me ajude a ter algum tempo para mim.

— E eu? — Disse a mãe. — Ainda nem sequer me sentei para tomar um chá hoje. Eu não preciso de tempo para mim?

— A mãe? — Disse Marcia. — A mãe tem pena de si própria mas eu invejo-a. — A mãe começou a ficar vermelha. Marcia sentiu-se vazia mas as palavras fluíam-lhe incontrolavelmente. — Sim! Quem me dera ficar em casa sentada durante vinte anos, a ser sustentada por um homem generoso, a ser "dona de casa". Pense só naquilo que eu já não devia ter escrito. Cuidar da casa de manhã, trabalho a sério à tarde, antes de ir buscar as crianças à escola. Não teria desperdiçado um momento nem um único momento, de todo aquele maravilhoso tempo livre!

A mãe enterrou-se na cadeira e pôs as mãos sobre a face.

— Então é melhor encontrares um homem, se conseguires, — disse ela.

— O que é que quer dizer com isso? — Perguntou Marcia com irritação.

— Alguém que te queira sustentar. Qual é o nome desse tipo?

Marcia murmurou:

— Sandor. Ele não é meu namorado. É apenas um homem em quem estou vagamente interessada.

— Eu não estaria interessada em nenhum homem, — disse a mãe. — Aquelas criaturas nojentas também não estão verdadeiramente interessadas em nós. O que é que ele faz?

— A mãe sabe bem o que é que ele faz.

— Não consegues arranjar nada melhor para ti?

— Não, não consigo, — disse Marcia. — Não consigo.

A mãe adorava viver sozinha e repetia-o constantemente. Quando Marcia era criança viviam seis pessoas lá em casa e, exceptuando a mãe, todas tinham morrido ou partido. A mãe dizia que sozinha podia fazer tudo o que quisesse e à hora que lhe apetecesse, com excepção daquela pequena questão de dar e receber afecto físico e emocional, como Marcia gostava de salientar.

— Quem é que quer uma data de homens desajeitados atrás? — Replicava sempre a mãe.

— Quem é que não quer? — Dizia Marcia.

Marcia recordou o pai sentado no sofá, com o seu bloco e caneta. Pedia ocasionalmente à mãe que fizesse uma chávena de chá. A mãe, estivesse a fazer fosse o que fosse, tinha que ir buscá-la, colocá-la em frente dele e esperar para saber se estava do seu agrado. Estava presumivelmente sob o comando do pai. Não admira que tenha tomado a solidão como uma filosofia. Marcia discutiria este assunto com Aurelia.

Eram três gerações de mulheres a viverem perto umas das outras. A avó de Marcia, com noventa e quatro anos de idade, também vivia sozinha, num apartamento de duas assoalhadas a cinco minutos a pé dali. Estava lúcida e qualquer coisa a divertia; a sua cabeça funcionava, mas o seu corpo estava como que partido ao meio pela artrite e rezava a Deus para a levar. O marido tinha morrido há vinte anos e desde então mal tinha saído de casa. Marcia via-a como um animal enjaulado, carente de todas as coisas boas. Onde é que estavam os homens? O avô e o pai de Marcia tinham morrido; o irmão, médico, tinha ido para a América; o marido tinha-se envolvido com uma vizinha.

Marcia foi à casa de banho, tomou um Valium, beijou Alec e dirigiu-se para o carro.

Essa noite, sozinha em casa, escrevendo e bebendo — tão desolada e orgulhosa como Martha Gellhorn no deserto, como gostava de se ver — telefonou a Sandor e contou-lhe da indiferença e desdém da mãe; e do trabalho árduo que estava a desenvolver.

— O romance está mesmo a avançar! — Disse ela. — Nunca li nada assim. É tão verdadeiro. Não acredito que ninguém se vá interessar por ele!

Falou até sentir que estava a falar para o infinito. Até o seu psicólogo, quando Marcia tinha dinheiro para as consultas, falava mais.

Tinha conhecido Sandor num *pub*, depois do homem com quem estava, saído de um *dossier* negro de uma agência matrimonial, ter dado uma desculpa para se ir embora. O que é que ela tinha? O homem só lhe chegava ao peito! Havia uma mulher no grupo de escritores que saía com um homem diferente todas as semanas. Era esquisito, dizia ela, a quantidade deles que eram casados. Sandor não era.

Depois do seu monólogo, perguntou-lhe o que ia fazer.

— O mesmo de sempre, — disse Sandor, e riu.

— Vou ter contigo, — disse ela.

— Porque não? Eu estou sempre aqui, — replicou ele.

— Pois estás, — disse ela.

Ele riu outra vez.

Ela via-o, um búlgaro de cinquenta anos de idade, mais ou menos uma vez por mês. Era porteiro num pequeno bloco de apartamentos em Chelsea e vivia num quarto em Earl's Court. Considerava o emprego, que obtivera depois de ter vagueado pela Europa durante quinze anos, ideal. Sentado à secretária da entrada, com o seu fato preto, abria a porta para as pessoas entrarem, recebia encomendas e aceitava flores, fazia recados aos inquilinos e relia os seus escritores preferidos: Pascal, Nietzsche, Hegel.

Nenhum dos homens que tinha conhecido através da agência se interessava por literatura, e nenhum deles era atraente. Sandor possuía o rosto de um padre incerto e o corpo do ciclista olímpico que tinha sido. Era inteligente, tinha boas maneiras e era sedutor em várias línguas. Conseguia, desde que estivesse com disposição, como ele dizia, seduzir qualquer mulher sem grande esforço. Tinha dormido com mais de mil mulheres sem nunca sustentar uma relação com nenhuma delas. Que homem era aquele que não tinha ex-mulher, filhos, família por perto, advogados, dívidas, casa. Ela maravilhava-se da sua capacidade de localizar a melancolia nas pessoas. Teria que derreter o gelo da alma de Sandor com a tocha acesa do seu amor. Teria força suficiente? Se ao menos conseguisse encontrar alguma coisa melhor para fazer.

— Então vemo-nos depois, Sandor, — disse ela.

Beberricou vinho de uma garrafa que tinha ao lado da cama. Conseguiu adormecer mas acordou pouco depois, com uma incotrolável fúria contra o marido, a mãe, Sandor, Aurelia, a queimá-la. Percebia aquelas pinturas cheias de diabos e demónios desfigurados, contorcidos. Eles existiam na mente. Porque é que era tudo tão desprovido de doçura?

*

Chegou uma hora mais cedo a casa de Aurelia, verificou onde era, estacionou e deu umas voltas pela vizinhança. Era um dia solarengo de Verão. Aquela era uma parte de Londres que não conhecia. As ruas estavam cheias de antiquários, charcutarias e cafés com homens jovens acompanhados dos seus bebés sentados à janela. As pessoas passeavam de óculos de sol e roupa escura, reuniam-se em grupos no passeio para falar. Reconheceu actores e um realizador de cinema. Olhou para o interior de uma agência imobiliária; uma casa de família custava um milhão de libras.

Comprou maçãs, vitaminas e café. Escolheu um cachecol na Agnès b. e pagou-o com cartão de crédito, desviando com sucesso o olhar do preço, como antes tinha evitado chocar contra um espelho da loja.

À hora combinada, Marcia tocou a campainha de Aurelia e esperou. Uma jovem veio abrir a porta. Convidou Marcia a entrar. Aurelia estava a terminar a sua lição de piano.

Na cozinha, com vista para o jardim, duas mulheres cozinhavam; na sala de jantar, uma mesa comprida e envernizada estava a ser posta com talheres de prata e guardanapos grossos. Na biblioteca Marcia examinou as dezenas de edições em línguas estrangeiras dos romances, contos e ensaios de Aurelia — o registo de uma vida de escrita.

Ouviu-se um som à porta e um homem entrou. O marido de Aurelia apresentou-se.

— Marcia. — Adoptou a voz mais classe média que conseguia.

— Vai-me desculpar, — disse o homem. — O meu escritório é ao fundo da rua. Tenho de ir para lá.

— Você também é escritor?

— Já publiquei alguns livros. Mas converso para ganhar a vida. Sou psicólogo.

Parecia um sapo, com olhos alerta. Marcia pensou se ele lhe teria conseguido ver os segredos, e se se tinha apercebido que ela pensara se ele se teria tornado psicólogo para obrigar as pessoas a olharem para ele.

— Que cachecol fantástico, — disse ele.

— Obrigada.

— Adeus, — disse ele por fim.

Ela esperou, deitando os olhos aos capítulos do romance que tinha trazido para mostrar a Aurelia. Parecia-lhe, nesta ambiência, execrável.

Viu Aurelia no corredor.

— Vou ter consigo num minuto, — disse esta.

Aurelia fechou a porta depois do professor de piano sair, abriu-a para deixar entrar o florista, falou em italiano com alguém ao telefone, inspeccionou a sala de estar, falou com a cozinheira, disse à sua assistente que não receberia nenhuma chamada e sentou-se em frente a Marcia.

Serviu chá e olhou longamente para ela.

— Gostei bastante daquilo que me mandou, — disse Aurelia. — Aquela escola. É uma janela para um mundo que não se conhece.

— Já escrevi mais, — disse Marcia. — Está aqui.

Colocou os três capítulos sobre a mesa. Aurelia pegou neles e voltou a pousá-los.

— Adorava escrever como a Marcia, — suspirou.

— Desculpe? — Disse Marcia. — Por favor, diga-me. Está a falar a sério?

— Os meus livros insistem em ser longos. Mas era impossível escrever um texto extenso neste estilo.

— Porquê? — Perguntou Marcia. Aurelia olhou-a como se ela devesse saber sem lhe ser explicado. Marcia disse:

— O problema é que eu não tenho tempo para... obras extensas. — Começava a entrar em pânico. — Como é que consegue?

— Conheceu o Marty, — disse ela. — Tomamos o pequeno almoço cedo. Ele vai para o escritório. Começa às sete. A partir daí começo a trabalhar. Na realidade não tenho grande escolha. Às vezes escrevo aqui, outras vou para a nossa casa em Ferrara. Para os escritores não há praticamente nada a fazer a não ser escrever.

— A sua mente não vagueia por todo o lado menos pela página? — Perguntou Marcia. — Tem uma espécie de disciplina de ferro? Não tenta achar desculpas do mais variado tipo?

— Escrever é a minha droga. Entro nela facilmente. O meu novo romance começa a tomar corpo. Esta é a melhor parte, quando vemos que uma coisa está realmente a começar. Gosto de pensar, — continuou Aurelia, — que consigo escrever uma história a partir de qualquer coisa. Um murmúrio, uma sugestão, um gesto... transformam-se numa outra forma de vida. O que é que pode dar mais satisfação? Posso perguntar a sua idade?

— Trinta e sete.

Aurelia disse:

— Tem muita coisa à sua frente.

— O que é que quer dizer com isso?

— Os últimos anos da casa dos trinta são um período de desilusão. Os primeiros da casa dos quarenta são uma idade maravilhosa — recuperamos a ilusão. Tudo se compõe nessa altura, vai ver, e os objectivos renovam-se.

Marcia olhou para o *poster* de um filme baseado num dos livros de Aurelia.

Disse:

— Às vezes a vida é tão difícil... é impossível escrever. Não se sente uma inútil, às vezes?

Aurelia abanou a cabeça e continuou a olhar para Marcia. O marido era psicólogo; deve ter-lhe ensinado a não se alarmar com lamentações.

— São estes homens que não param de nos deitar abaixo, — disse Marcia. — Quando eu era jovem você era das poucas escritoras contemporâneas que as mulheres podiam ler.

— Nós é que nos mantivemos em baixo, — disse Aurelia. — Autopiedade, masoquismo, preguiça, estupidez. Já estamos suficientemente crescidas para mudar o rumo dos acontecimentos, não acha?

— Mas nós somos, ou pelo menos éramos, vítimas da política.

— Tretas. — Aurelia suavizou a voz e pediu: — Podia falar-me sobre a sua vida na escola?

— Que tipo de coisas?

— A rotina. O seu dia. Os alunos. Os outros professores.

— Os outros professores?

— Sim.

Aurelia estava à espera.

— Mas eles são uns miópicos, — disse Marcia.

— Em que sentido?

— Péssima educação. Só se interessam por séries televisivas.

Aurelia abanou a cabeça.

Marcia falou na mãe mas Aurelia ficou impaciente. No entanto, quando Marcia contou o episódio em que ela sugeriu que a escola doasse os restos do Harvest Festival aos velhos do centro da comunidade asiática e que dois professores se recusaram a dar fruta a paquistaneses, Aurelia tomou apontamentos com a sua caneta dourada. Marcia tentou de facto contar a história ao director, mas ele recusou-se a ouvi-la dizendo:

— Já tenho muito trabalho a gerir esta escola.

Marcia olhou para Aurelia como para dizer: "Porque é que quer saber estas coisas?"

— Isso foi bastante útil, — disse Aurelia. — Quero escrever qualquer coisa sobre uma mulher que trabalha numa escola. Conhece muitos professores?

Os colegas de Marcia eram professores mas nenhum dos seus amigos era. Uma amiga trabalhava num banco e outra estava em casa porque tinha tido um bebé.

— Deve haver pessoas na sua escola com quem eu possa falar. E o director?

Marcia fez uma careta. Depois lembrou-se de qualquer coisa que tinha lido num perfil de Aurelia publicado num jornal.

— Não tem uma filha na escola?

— Sim, mas lá os professores são do tipo errado.

— Desculpe?

— Ando à procura de uma coisa menos sofisticada.

Marcia sentiu um certo embaraço. Perguntou:

— Já deu cursos de escrita?

— Já, quando queria viajar. Os estudantes são autênticos destroços, claro. A alguns recomendava-lhes tratamento psiquiátrico. Muitas pessoas nem sequer querem escrever, só querem a fama. Deviam delinear outros objectivos.

Aurelia levantou-se. Enquanto assinava um exemplar do seu último livro para Marcia, pediu-lhe o número de telefone da escola. Marcia não conseguiu lembrar-se de uma razão para não lho dar.

Aurelia disse:

— Obrigada pela sua visita. Vou ler as suas páginas. — À porta continuou: — Quer vir a uma festa que eu vou dar? Talvez possamos conversar um pouco mais. Vou enviar-lhe um convite.

Do outro lado da rua Marcia olhou para a casa iluminada, com toda aquela actividade no seu interior, até que as persianas se fecharam.

Marcia esperou pelas sete da tarde ao pé de Sandor, em frente à sua secretária de porteiro, hora a que este acabava de trabalhar. Tomaram um copo no *pub* onde se tinham conhecido. Sandor ia lá todas as noites para ver o canal de desporto na TV Cabo. Não lhe perguntou porque é que ela tinha aparecido de repente, nem mencionou Aurelia Broughton, apesar de Marcia ter ligado a dizer que ia visitá-la. Falou do quanto gostava de Londres e do quão liberal era a cidade; ninguém se importava com o que os outros eram ou faziam. Disse também que se algum dia tivesse uma casa, decorá-la-ia como o *pub* em que estavam sentados. Falou dos textos de Hegel que estava a ler, mas de uma forma tão adulterada que ela não fazia ideia do que ele estava a dizer nem entendia porque é que aquilo lhe interessava. Contou-lhe histórias dos criminosos que tinha conhecido e como tinha sido utilizado como motorista numa fuga.

Perguntou-lhe se ela queria ir para a cama. O pedido foi-lhe feito num tom de voz que denotava uma total indiferença mesmo que fosse negado. Ela hesitou apenas porque a casa onde ele tinha o quarto podia servir de museu dos anos cinquenta, onde faltava também a lareira eléctrica de duas resistências para amenizar o frio mortal que se instalava no quarto. Havia também o fantasma de uma senhoria que se sentava aos pés da cama dele à meia-noite.

— Não te preocupes, acabei de lhe emprestar o *Crime e Castigo* para ler, — riu Sandor, seguindo Marcia para o seu quarto. Ao lado da cama havia livros empilhados no chão. Roupa secava nas costas de uma cadeira. Todas as suas possessões cabiam ali.

Deitada com ele, viu um pão e um pacote de leite na estante.

— Aquilo é tudo o que tu comes?

— Pão com manteiga é suficiente para mim. Depois leio durante quatro ou cinco horas e nada me incomoda.

— Não se pode dizer que seja uma grande vida.

— O quê?

— Não estás na prisão.

Ele olhou-a surpreendido, como se nunca lhe tivesse ocorrido que não estava na prisão e que não tinha que tirar o melhor partido de coisa nenhuma.

Beijou-a e ela pensou em convidá-lo a passar o fim de semana em sua casa. Ele era generoso. Seria uma óptima companhia para Alec. Mas depois começaria a contar com ele; quereria sempre mais. Se alguém lhe pedisse para produzir, mudar de vida ou alterar o seu comportamento, ele deixaria a pessoa. Podia não o querer, mas também não queria ser abandonada.

A seguir levantou-se para se vestir, olhando-o, ainda deitado, com as mãos sobre os olhos. Não podia passar a noite num sítio daqueles.

Essa noite, pela primeira vez, desejou que Alec não estivesse na cama da mãe. Marcia dormiu com o rosto nas suas roupas sujas. De manhã não escreveu. Tinha perdido o desejo, que era também o seu desejo de viver. Que ilusórias esperanças tinha investido em Aurelia? O facto de a ver tinha deixado Marcia desprovida de algo. Tinha-se esvaziado, enquanto que Aurelia tinha enriquecido. Onde poderia ir agora buscar a inspiração, o sentido para continuar?

Aurelia tinha-lhe pedido para trazer alguém para a festa; outro professor, um professor "puro", tinha dito Aurelia, para especificar que não queria outro professor a brincar aos escritores. Talvez Marcia lhe devesse ter dito que não. Mas queria deixar uma porta aberta no que dizia respeito a Aurelia, para ver no que é que poderia dar. Aurelia podia ler os três capítulos e gostar. De qualquer forma Marcia queria ir à festa.

— Como é que foi com Miss Broughton? — Perguntou-lhe a mãe quando Marcia apareceu. — Falámos ao telefone, mas não disseste nada sobre isso.

— Foi bom. Óptimo.

A mãe disse:

— Estás mal humorada, pareces outra vez adolescente.

— Não sei o que dizer.

A mãe disse, mais suavemente:

— Em que é que resultou o encontro?

— Devia ter visto a casa. Cinco quartos, pelo menos!

— Foste ao andar de cima?

— Tive que ir. E três áreas de recepção!

— Três? O que é que eles fazem com esse espaço todo! O que é que nós faríamos com isso!

— Corridas!

— Podíamos...

— As flores, mãe! Tanta gente a trabalhar lá! Nunca tinha visto nada assim.

— Acredito que não. A casa fica numa rua principal?

— Numa rua perpendicular. Mas muito perto das lojas. Têm tudo à mão.

— Autocarros? — Perguntou a mãe.

— Não acredito que ela ande de autocarro.

— Pois, — disse a mãe. — Eu não voltava a andar de autocarro se não fosse obrigada. Tem estacionamento na rua?

— Sim. Lugar para dois carros, acho eu, — respondeu Marcia. Conversámos na biblioteca e ficámo-nos a conhecer um pouco. Convidou-me para uma festa.

— Para uma festa? E não me convidou a mim?

— Ela nem falou em si, — disse Marcia. — Nem eu.

— Tenho a certeza de que ela não se importava que eu fosse contigo. Vestia os meus trapinhos mais bonitos.

— Mas porquê? — Perguntou Marcia.

— Para sair. Para conhecer pessoas. Posso interessá-los.

Antes isto teria sido uma espécie de piada e a mãe teria regressado à sua melancolia. Estava certamente a melhorar, se pensava que poderia interessar às outras pessoas.

— Vou pensar no assunto. — Disse Marcia.

— Mal posso esperar! — Cantou a mãe. — Uma festa!

Aurelia ligou-lhe do carro. A ligação era má, mas Marcia percebeu que estava nas imediações e queria "passar para tomar um chá".

Marcia e Alec estavam a comer panadinhos de peixe e feijão com molho de tomate; Aurelia devia estar mesmo perto; Marcia ainda não tinha acabado de levantar a mesa e Alec de atirar os brinquedos para trás do sofá, quando o carro apareceu lá fora.

À porta deu a Marcia outro exemplar assinado do seu novo romance, entrou e sentou-se na ponta do sofá.

— Que menino tão bonito, — disse, referindo-se a Alec. — Que cabelo tão bonito, quase branco.

— E a Aurelia, como está? — Perguntou Marcia.

— Cansada. Tenho andado a fazer leituras e a dar entrevistas, não apenas cá, mas também em Berlim e Barcelona. Os franceses estão a fazer um filme sobre mim e os americanos querem fazer um filme sobre a minha Londres Desculpe, — disse. — Estou a pô-la doida?

— Claro.

Aurelia suspirou. Hoje parecia astuta e vibrava de intensidade. Não queria falar, muito menos ouvir. Quando Marcia lhe disse que a sua vontade de trabalhar tinha sucumbido, respondeu:

— Quem me dera que a minha também tivesse.

Levantou-se e passou os olhos pelas prateleiras de livros de Marcia.

— Gosto dela, — disse Marcia, referindo-se a uma escritora mais ou menos da mesma idade que Aurelia.

— Ela não escreve nada. Aparentemente é uma óptima escultora amadora.

— É isso que você acha? — Perguntou Marcia. — Gostei bastante do último livro dela. Leu os capítulos que eu lhe dei? — Aurelia olhou-a sem expressão. Marcia continuou: — Os capítulos do meu romance. Deixei-os em sua casa.

— Onde?

— Em cima da mesa.

— Não, não. Não li.

— Talvez ainda lá estejam.

Marcia percebeu que Aurelia queria ver como ela vivia, que não estava a olhar para ela mas através dela, para as frases e parágrafos que escreveria sobre ela. Era uma admirável crueldade.

À porta, Aurelia beijou-a em ambas as faces.

— Vemo-nos na festa, — disse.

— Não vejo a hora.

— Não se esqueça. Traga alguém pedagógico.

Marcia colocou o romance de Aurelia na prateleira. Os livros de Aurelia estavam entre as filas de livros; livros cheios de histórias, histórias cheias de personagens e arte, à espera de serem ressuscitadas por alguém disposto a dar-lhes uso. Ou talvez não.

A mãe recusou-se a ficar com Alec. Era a primeira vez que o fazia. Era o dia antes da festa.

— Mas porquê, porquê? — Perguntou Marcia, pelo telefone.

— Apercebi-me de que não me ias levar à festa, apesar de nem te teres dado ao trabalho de me dizeres. Agora já combinei outras coisas.

— Eu nunca disse que a ia levar à festa.

— Nunca me levas a lado nenhum.

Marcia tremia de exasperação:

— Mãe, eu quero viver. E quero que a mãe me ajude.

— Ajudei-te toda a minha vida.

— Desculpe? A mãe?

— Quem é que te criou? Estudaste, tens...

Marcia desligou.

Telefonou a amigos e a algumas pessoas do grupo de escritores, mesmo ao rapaz que tinha escrito sobre o verme. Ninguém estava disponível para lhe ficar com o filho. Meia hora antes de sair, a única pessoa a quem ainda não tinha ligado era o marido, que vivia ali perto. Ficou surpreendido e foi sarcástico. Raramente falavam mas, sempre que necessário, deixavam-se recados debaixo das respectivas portas.

Ele disse que tinha intenções de passar a noite com a sua nova namorada.

— Que querido, — disse Marcia.

— O que é queres que eu faça? — Perguntou ele.

— Não podem vir os dois para aqui?

— Estás desesperada. Deve ser outro namoradinho novo. Tens aí batatas fritas e álcool?

— Consome o que quiseres. Sempre fizeste isso.

Era a primeira vez que deixava o marido entrar lá em casa desde que ele se fora embora. Se a namorada fosse com ele, pelo menos não andaria por lá a bisbilhotar.

Quando chegaram e a namorada tirou o casaco, Marcia notou que estava grávida.

Marcia mudou de roupa no quarto, no andar de cima. Ouvia-os falar na sala. Depois ouviu música.

Já estava à porta, pronta para sair. Alec mostrava-lhes o seu novo boné de *baseball*.

O marido pegou na capa de um disco:

— Este disco é meu, sabes?

— Estou com pressa, — disse ela.

No carro pensou que devia estar louca, mas o que tinha feito era pela causa da vida. As pessoas não correm riscos suficientes, pensou. Não tinha, no entanto, nenhum professor que pudesse interessar a Aurelia. Contudo, esta não lhe barraria a entrada. Marcia já tinha feito o suficiente por Aurelia. Teria Aurelia feito o suficiente por ela?

Foi o marido da escritora que lhe abriu a porta e lhe foi buscar uma taça de champanhe, enquanto Marcia olhava à sua volta. A festa era no rés do chão da casa e Marcia reconheceu alguns escritores. Os outros convidados pareciam ser críticos, académicos, psicólogos e editores.

O esforço de chegar até lá tinha-a deixado tensa. Bebeu rapidamente duas taças de champanhe e colou-se ao marido de Aurelia, a única pessoa, à excepção desta, que conhecia.

— Quer ser apresentada como professora, ou como escritora? — Perguntou-lhe ele. — Ou nem uma coisa nem outra?

— Nem uma coisa nem outra, por enquanto. — Agarrou-lhe no braço. — Porque não sou nem uma coisa nem outra.

— Quer manter todas as opções em aberto, ãh? — Disse ele.

Apresentou-a a várias pessoas e conversaram em grupo. O tópico principal era a família real, assunto que estranhou interessar àqueles intelectuais. Era como estar na escola.

Ela gostava do marido de Aurelia, que abanava a cabeça e sorria ocasionalmente; gostava de ter medo dele. Ele entendia as outras pessoas e sabia quais eram os seus desejos. Nada o chocava.

Ficou um pouco chocado mais tarde, na estufa, quando ela se esticou para o beijar. Ela dizia: — Por favor, por favor, só este, — quando, do outro lado da sala, viu o director da escola onde trabalhava com a mulher, a falar com uma escritora.

O marido de Aurelia afastou-a gentilmente.

— Peço desculpa, — disse ela.

— Está desculpada. Sinto-me lisonjeado.

— Olá Marcia, — disse o director. — Ouvi dizer que tem sido uma grande ajuda para Aurelia.

Não queria nada que o director a visse assim, bêbeda e envergonhada.

— Sim, — disse ela.

— A Aurelia vai visitar a nossa escola, para ver aquilo que fazemos. Vai falar com os alunos mais velhos. — Baixou a boca ao nível do ouvido dela. — Acaba de me dar a colecção completa dos seus livros. Assinada.

Ela teve vontade de dizer:

— Todos os livros estão assinados, idiota.

Saiu para a rua e andou um pouco. Depois voltou e atravessou a festa. Havia pessoas a irem-se embora. Outras falavam intensamente. Ninguém lhe prestou atenção.

*

Sandor estava deitado na cama com a mão sobre os olhos. Ela sentou-se ao lado dele.

— Vim para te dizer que agora não vou aparecer com tanta frequência. Não que eu alguma vez tivesse vindo com frequência, à excepção destes últimos tempos. Mas serei ainda menos frequente.

Continuou:

— A razão, se é que queres saber a razão

— Porque não? — Disse ele. — Oferecia-te alguma coisa mas, estou tão envergonhado, não tenho aqui nada para te oferecer.

— Nunca tens aqui nada.

— Levo-te a tomar um copo.

— Já tomei os copos suficientes. — Disse ela. — Sandor, isto é detestável. Há uma frase que não parou de me vir à cabeça durante a festa. Vim para ta dizer. Chupar no dedo. É isso mesmo. Olhamos para as coisas velhas e para os velhos lugares para obter algum amparo. Afinal era onde o encontrávamos antes. Mesmo que não encontremos nada aí, conseguimos continuar. Mas temos que encontrar coisas novas, caso contrário ficamos a chupar no dedo. Isto, para mim, — fez um gesto indicando o quarto, — é árido, empobrecido, morto.

Os olhos dele seguiram-lhe o gesto à volta do quarto, enquanto o condenava.

— Mas eu estou a tentar, — disse ele. — As coisas vão melhorar, eu sei que vão.

Ela beijou-o:

— Adeus. Vemo-nos depois.

Chorou no carro. A culpa não era dele. Voltaria outro dia.

Chegou tarde a casa. O marido dormia nos braços da namorada, com a mão na barriga dela. No chão havia uma garrafa de vinho vazia e pratos sujos; a televisão estava alta.

Tirou o disco do prato, riscou-o com a unha e voltou a colocá-lo na capa. Acordou o casal, agradeceu-lhes, colocou o disco debaixo do braço do marido e acompanhou-os à porta.

Começou a subir as escadas, mas parou a meio, subiu mais um degrau e voltou a descer. Voltou à sala de estar e vestiu o sobretudo. Saiu para o pátio de betão na parte de trás da casa. Estava escuro e silencioso. O frio provocou-lhe um choque que lhe despertou a consciência. Tirou o casaco. Queria ser punida pelo frio.

Nas manhãs de Verão dançava aqui muitas vezes, com Alec a observá-la, ao som de algumas partes do *Romeu e Julieta* de Prokofiev.

Agora acendeu a luz da cozinha e formou um quadrado com alguns tijolos. Entrou em casa e reuniu os seus *dossiers*. Levou-os para fora e abriu-os. Queimou as histórias; queimou a peça e os primeiros capítulos do romance. Havia bastante material, o que fez uma óptima fogueira. Levou bastante tempo. Ela estava a tremer e tresandava a fumo e a cinza. Varreu tudo. Preparou o banho e deixou-se ficar na banheira até a água ficar tépida.

Alec tinha ido para a cama dela e adormecera. Colocou o bloco de notas na mesinha de cabeceira. Ficaria com ele e usá-lo-ia como diário. De resto pararia de escrever durante uns tempos; pelo menos seis meses, para começar. Estava segura de que isto não era masoquismo ou suicídio. Talvez o seu sonho de escrever tivesse sido uma espécie de possessão ou vício. Tinha consciência de que também era possível viciar-se nas coisas boas. Estava a criar um espaço. Era um vazio importante, um espaço que não preencheria com outras intoxicações. Sabia que se podia tornar numa pessoa como a mãe, chupando o dedo em frente da televisão, noite após noite, amedrontada pela excitação.

Passado algum tempo poderiam aparecer coisas novas.

Um Encontro, Finalmente

O marido da amante de Morgan levantou a mão.

— Olá, por fim, — disse. — Gostei de o ver parado do outro lado da rua. Estava deliciado quando, após alguma consideração, decidiu vir falar comigo. Sente-se, por favor.

— Morgan, — disse Morgan.

— Eric.

Morgan abanou a cabeça, deixou cair as chaves do carro em cima da mesa e sentou-se na ponta da cadeira.

Os dois homens olharam-se.

Eric perguntou:

— Bebe?

— Daqui a pouco, talvez.

Eric pediu outra garrafa. Já havia duas em cima da mesa.

— Importa-se que eu beba?

— Esteja à vontade.

— Agora já estou.

Eric terminou a sua garrafa e voltou a colocá-la na mesa com os dedos à volta do gargalo. Morgan viu a fina aliança de ouro no dedo de Eric. Caroline deixava sempre a sua numa salva em cima da mesa do *hall* de entrada de Morgan, voltando a pô-la à saída.

Eric tinha perguntado, ao telefone:

— Estou a falar com Morgan?

— Sim, — respondera Morgan. — Quem...

A voz continuou:

— É o namorado da Caroline?

— Mas quem é que está a perguntar? — Disse Morgan. — Quem é você?

— O homem com quem ela vive. O Eric. O marido. Percebe?

— Está bem. Estou a perceber.

— Óptimo. Está a perceber.

Eric tinha dito, ao telefone:

— Por favor, venha encontrar-se comigo. Por favor.

— Porquê? — Perguntara Morgan. — Porque é que eu haveria de me encontrar consigo?

— Há umas coisas que eu preciso de saber.

Eric deu-lhe o nome de um café e a hora. Seria mais tarde, nesse mesmo dia. Estaria lá. Ficaria à espera.

Morgan telefonou a Caroline. Estava numa reunião, como Eric deveria saber. Morgan ponderou o dia todo, mas foi só no último momento, andando de um lado para o outro na frente do seu quarto, já atrasado, que saiu de casa, entrou no carro e ficou parado do outro lado da rua, em frente ao café.

Apesar de Caroline ter descrito os pais de Eric, as suas fúrias inarticuladas, a forma como a cabeça lhe pendia quando estava triste e até, entre os risos de Morgan, a forma como coçava o traseiro, Eric tinha estado sempre na sombra, uma figura escura e desfocada que ensombrava as suas vidas desde que se tinham conhecido. E embora Morgan soubesse coisas acerca dele que não precisava de saber, não fazia ideia do que é que o outro sabia acerca da sua pessoa. Tinha que descobrir o que é que Caroline lhe tinha contado recentemente. Os últimos dias tinham sido os mais loucos da vida de Morgan.

A empregada trouxe uma cerveja a Eric. Morgan estava prestes a pedir uma para si, mas mudou de ideias e pediu água.

Eric atirou-lhe um sorriso amarelo.

— Então, — disse ele. — Como está?

Morgan sabia que Eric trabalhava muito à noite. Chegava a casa tarde e levantava-se depois das crianças terem ido para a escola. Olhando para ele, Morgan tentou visualizar algo que Caroline lhe tinha contado. Enquanto ela se preparava para ir trabalhar de manhã, ele continuava na cama, em pijama, por mais uma hora, sem dizer nada mas pensando aplicadamente com as mãos sobre os olhos, como se estivesse com dores e tivesse forçosamente que chegar a alguma conclusão.

Caroline saía para o emprego o mais cedo que podia, para telefonar a Morgan do escritório.

Passados dois meses, Morgan pediu-lhe para não falar de Eric, particularmente das suas tentativas para fazer amor. Mas uma vez que os encontros entre ele e Caroline eram combinados em função das ausências de Eric, este era, inevitavelmente, mencionado.

Morgan disse:

— Em que é que lhe posso ser útil?

— Há umas coisas que eu gostava de saber. Tenho direito.

— Tem?

— Não me diga que não tenho alguns direitos.

Morgan sabia que o encontro com este homem não seria fácil. Tinha-se tentado preparar no carro, mas era como estudar para um exame sem saber de todo o que ia sair.

— Está bem, — disse Morgan para o acalmar. — Eu compreendo-o.

— Afinal, você apossou-se da minha vida.

— Desculpe?

— Quer dizer, da minha mulher, da minha mulher.

Eric bebeu uns goles da garrafa. Depois tirou um pequeno frasco de comprimidos e agitou-o. Estava vazio.

— Por acaso tem aí uns analgésicos?

— Não.

Eric limpou o rosto com um guardanapo.

Disse:

— Agora tenho que tomar estes.

Estava aborrecido, sem dúvida. Entraria em estado de choque. Morgan estava; Caroline também, claro.

Morgan sabia que ela tinha começado com ele para se animar. Tinha dois filhos e um bom, embora entediante, emprego. Além disso a sua melhor amiga tinha arranjado um amante. Caroline conhecera Morgan através do trabalho e tinha imediatamente determinado que ele tinha o perfil certo. O amor e o romance tinham a ver com ela. Porque é que não podia mergulhar nessa delícia todos os dias? Pensou que tudo o resto poderia ficar exactamente na mesma, à excepção da sua "guloseima". Mas, como Morgan gostava de dizer, havia "consequências". Na cama, ela chamava-lhe o "Sr. Consequências".

— Eu não vou sair de casa, — disse Eric. — É a minha casa. Também tem intenções de me tirar isso, como fez com a minha mulher?

— A sua mulher Caroline, — disse Morgan, devolvendo-lhe a sua própria identidade. — Eu não a roubei. Nem tive que a convencer. Ela deu-se a mim.

— Ela deu-se? — Disse Eric. — Ela queria-o a si? A si?

— É isso mesmo.

— As mulheres fazem-lhe isso?

Morgan tentou rir.

— Fazem? — Perguntou Eric.

— Só ela, recentemente.

Eric olhava-o fixamente, à espera que continuasse. Mas Morgan não disse mais nada, lembrando-se de que se podia ir embora a qualquer momento, que não tinha que aguentar nada deste homem.

Eric disse:

— Quer ficar com ela?

— Sim, acho que sim.

— Não tem a certeza? Depois de ter feito o que fez não tem a certeza?

— Eu não disse isso.

— Então o que é que quer dizer?

— Nada.

Mas talvez ele não tivesse a certeza. Tinha-se habituado à situação. Havia demasiados telefonemas apressados, cartas mal interpretadas, encontros furtivos, separações dolorosas. Mas eles viviam de acordo com eles. Tinham até delineado uma rotina. Tinha recebido mais da mulher de Eric — vendo-a apenas duas vezes por semana — do que alguma vez tinha recebido de outra mulher. Nos outros dias, quando não estava a trabalhar, visitava galerias de arte com a filha; pegava na sua mochila, o seu guia turístico e passeava por partes da cidade onde nunca tinha estado; sentava-se ao pé do rio e escrevia notas sobre o passado. O que é que ele tinha aprendido com ela? Uma reverência ao mundo; a capacidade de atribuir importância aos sentimentos, a certos objectos criados, às outras pessoas — de facto inestimáveis. Ela tinha-lhe apresentado os prazeres do ócio.

Eric disse:

— Conheci a Caroline quando ela tinha vinte e um anos. Não tinha uma única ruga. Tinha as faces rosadas. Representava numa peça na faculdade.

— Era boa actriz? Ela é boa numa data de coisas, não é? Gosta de fazer as coisas bem feitas.

Eric:

— Não passou muito tempo até começarmos a desenvolver maus hábitos.

Morgan perguntou:

— Que tipo de coisas?

— Na nossa relação. É a palavra que toda a gente usa. — Disse Eric. — Não tínhamos a habilidade, o talento, a capacidade para sair deles. Há quanto tempo a conhece?

— Dois anos.

— Dois anos?

Morgan estava confuso:

— O que é que ela lhe disse? Não falaram sobre o assunto?

Eric disse:

— Quanto tempo é que acha que eu vou levar a digerir isto tudo?

Morgan perguntou:

— O que é que está a fazer?

Tinha estado a observar as mãos de Eric, pensando se ia agarrar o gargalo da garrafa. Mas Eric procurava qualquer coisa na pasta que tinha debaixo da mesa.

— Em que data? De certeza que se lembra disso! Vocês não comemoram os aniversários? — Eric tirou um grande livro vermelho. — O meu diário. Talvez eu tenha anotado qualquer coisa nesse dia! Os últimos dois anos têm que ser repensados! Quando se é enganado, os dias têm uma compleição diferente!

Morgan olhou à sua volta, para as outras pessoas no café.

— Não gosto que me gritem, — disse ele. — Estou demasiado cansado para isso...

— Não, não. Desculpe.

Eric deu uma vista de olhos pelas páginas do livro. Quando viu que Morgan estava a olhar, fechou o diário.

Eric disse em voz baixa:

— Já alguma vez foi enganado? Já lhe aconteceu alguma vez?

— Imagino que sim, — disse Morgan.

— Que pomposo! E acha que está correcto enganar alguém?

— Podemos dizer que há circunstâncias em que se torna inevitável.

Eric disse:

— Isso falsifica tudo. — Continuou. — O seu comportamento sugere que também não tem importância nenhuma. É assim tão cínico? Isto é importante. Olhe para este século!

— Desculpe?

— Eu trabalho no noticiário da TV. Sei o que se passa. A sua crueldade é exactamente igual. Pense nos judeus...

— Vá lá...

— Você acha que as outras pessoas não têm sentimentos! Que não são importantes! Que pode passar por cima delas!

— Eu não o matei, Eric.

— Eu podia morrer disto. Podia muito bem morrer.

Morgan abanou a cabeça:

— Eu entendo isso.

Lembrou-se de uma noite em que, tendo que se ir embora para se deitar com Eric, Caroline dissera:

— Se ao menos o Eric morresse, se ele morresse...

— Fazemos as pazes?

— Fazemos.

Eric inclinou-se sobre a mesa:

— Já se sentiu grosseiro?

— Já.

— Acerca disto?

— Acerca disto. — Morgan riu. — Acerca de tudo. Mas definitivamente acerca disto.

— Óptimo. Óptimo. — Disse Eric. — A meia idade é uma época solitária.

— Sem dúvida, — disse Morgan. — Tudo aquilo que nos falta parece irrevogável.

Eric disse:

— Entre os meus doze e treze anos, o meu irmão mais velho, que eu adorava, suicidou-se, o meu pai morreu de desgosto e o meu avô simplesmente morreu. Acha que ainda tenho saudades deles?

— E como poderia não ter?

Eric bebeu a sua cerveja e pensou sobre isto.

— Tem razão, há um vazio dentro de mim. — Continuou. — Quem me dera que também houvesse um vazio dentro de si.

Morgan disse:

— Ela ouve-me. E eu a ela.

Eric retorquiu:

— Vocês dão muita atenção um ao outro, não dão?

— O facto de cuidarem de nós faz-nos, de alguma forma, sentir melhor. Quando estou com ela nunca me sinto sozinho.

— Óptimo.

— Estou determinado, desta vez, a não me fechar.

— Mas ela é minha mulher.

Houve uma pausa.

Eric disse:

— O que é que se diz hoje em dia? O problema é teu! O problema é meu! Acredita nisto? O que é que acha?

Pela primeira vez Morgan tinha andado a beber muito *whisky* e a fumar muita erva. Tinha estado na universidade no fim dos anos sessenta, mas tinha-se identificado com a esquerda puritana e não com os *hippies*. Actualmente, quando precisava de desligar o cérebro, dava-se conta da grande tenacidade da consciência. Talvez ele quisesse desligar o cérebro porque nos últimos dias tinha considerado esquecer Caroline. Esquecê-los a todos, Caroline, Eric e os filhos. Talvez agora esquecesse. Talvez tivesse sido o segredo e a inacessibilidade dela que os mantivera à distância adequada.

Morgan reparou que estava a pensar há algum tempo. Virou-se de novo para Eric, que batia com a unha na garrafa.

— Gosto imenso da sua casa, — disse Eric. — Mas é demasiado grande para uma pessoa só.

— A minha casa, foi isso que você disse? Já a viu?

— Já.

Morgan olhou Eric nos olhos. Parecia bastante vivo. Morgan quase o invejou. O ódio pode ser uma grande fonte de energia.

Eric disse:

— Você fica esplêndido com os seus calções brancos e meias brancas quando sai para correr. Faz-me sempre rir.

— Não tem nada melhor para fazer do que pôr-se à frente da minha casa?

— E você não tem nada melhor para fazer do que roubar a minha mulher? — Eric apontou-lhe o dedo. — Um dia, Morgan, talvez você acorde de manhã para verificar que as coisas já não são o que eram na noite anterior. Que tudo o que você possuía foi de alguma forma maculado e corrompido. Já imaginou?

— Está bem, — disse Morgan. — Está bem, está bem.

Eric tinha tombado a garrafa. Colocou o guardanapo sobre a cerveja entornada e a garrafa por cima deste.

Disse:

— Também tenciona levar os meus filhos?

— O quê? Porque é que eu faria isso?

— Vou-lhe dizer, eu alterei aquela casa de acordo com as minhas necessidades, sabe? Tenho uma pérgola. Nunca vou de lá sair. Nunca a vou vender. De facto, para lhe dizer a verdade, — Eric esboçou um meio sorriso que era quase uma careta. — até é possível que fique melhor sem a minha mulher e os meus filhos.

— O quê? — Disse Morgan. — O que é que você disse?

Eric levantou-lhe o sobrolho.

— Sabe muito bem o que eu quero dizer.

Os filhos de Morgan estavam com a mãe. A rapariga vivia na universidade, o rapaz numa escola privada. Estavam ambos a ir muito bem. Morgan conhecia os filhos de Eric apenas superficialmente. Tinha-se oferecido para viver com eles também se Caroline decidisse ficar com ele. Estava preparado para isso, pensou. Não queria esquivar-se às grandes obrigações. Mas com o tempo uma das crianças podia tornar-se, digamos, um drogado; a outra, uma prostituta adolescente. E Morgan, estando apaixonado pela mãe, poderia ter que carregar esse fardo. Conhecia pessoas a quem isso tinha acontecido.

Eric disse:

— Os meus filhos vão ficar bastante zangados consigo quando desco-brirem o que vocês nos fez.

— Claro, — disse Morgan. — Ninguém poderia criticá-los por isso.

— São grandes e caros. Comem que nem uns cavalos.

— Meu Deus.

Eric disse:

— Sabe alguma coisa sobre o meu trabalho?

— Não tanto como você sabe do meu, de certeza.

Eric não respondeu, mas disse:

— É engraçado pensar em vocês os dois a falarem de mim. Aposto que ficam muito juntinhos, na cama, a desejar que eu me estampe com o meu carro.

Morgan piscou os olhos.

— É prestigioso, — disse Eric. — Nas notícias, quero dizer. Bem pago. Muita acção, contínua evolução das histórias. Mas é muito brando, acaba por não valer a pena. Agora consigo ver isso. E as pessoas queimam-se. Estão exaustas e ao mesmo tempo com a adrenalina no máximo. Sempre quis começar a fazer caminhadas, escaladas de montanhas, sabe, botas e mochilas. Quero escrever um romance. E viajar, ter aventuras. Esta podia ser a minha oportunidade.

Morgan pensou sobre isto. Caroline tinha dito que Eric se interessava pouco pelo mundo exterior, excepto através do jornalismo. A aparência das coisas, o seu cheiro e o seu gosto não exerciam qualquer fascínio para ele; nem mesmo as questões mais íntimas das pessoas. Enquanto que Mor-gan e Caroline, ociosos nos bares, acariciando-se um ao outro, adoravam discutir as relações de pessoas conhecidas, como se juntos pudessem des-tilar o espírito de um amor que resultasse.

Morgan pegou nas chaves do carro. Disse:

— Parece-me óptimo. Então você vai ficar bem. Boa sorte.

— Obrigado.

Eric não mostrou qualquer intenção de se mexer.

Disse:

— Do que é que gosta nela?

Morgan queria gritar com ele, queria dar murros na mesa, dizendo, adoro a maneira como ela se despe, como se deita de lado e me deixa chupar e beijar-lhe as partes, como se tivesse erguido o banquete da vida até à altura do meu rosto e tivesse mergulhado nele até me sentir no país das maravilhas para sempre!

Eric estava a ficar tenso:

— Do que é?

— O quê?

— Que você gosta nela! Se não sabe, talvez pudesse então deixar-nos em paz.

— Olhe, Eric, — disse Morgan, — se se acalmar um pouco, digo-lhe uma coisa. Há mais de um ano que ela me disse que queria estar comigo. Tenho estado à espera dela. — Apontou para Eric. — Você já teve o seu tempo com ela. E foi bastante. Eu diria até que foi o suficiente. Agora é a minha vez.

Levantou-se e saiu. Foi simples. Depois sentiu-se bem por estar na rua. Não olhou para trás.

Morgan sentou-se no carro e suspirou. Arrancou e parou nos semáforos da esquina. Estava a pensar em ir ao supermercado. Caroline vinha ter com ele depois do trabalho e ele ia cozinhar. Preparar-lhe-ia a sua bebida preferida, um *whisky mac*. Ela ia adorar ser mimada. Podiam deitar-se sobre a cama juntos.

Eric abriu a porta com um puxão, entrou no carro e fechou a porta. Morgan olhou-o fixamente. O condutor atrás deles não parava de apitar. Morgan arrancou de novo.

— Quer que o deixe nalgum lado?

— A minha conversa consigo ainda não acabou.

Morgan olhava alternadamente para a estrada e para Eric. Este estava sentado no seu carro, no seu assento, com os pés sobre o seu tapete de borracha.

Morgan praguejava imperceptivelmente.

Eric disse:

— O que é que vai fazer? Já decidiu?

Morgan continuou a conduzir. Viu que Eric tinha pegado numa folha de papel que estava no painel de comandos. Lembrou-se de que era uma lista de compras que Caroline lhe tinha feito. Eric voltou a colocá-la no sítio.

Morgan fez inversão de marcha e acelerou.

— Então vamos discutir o assunto com ela, no escritório dela. É isso que quer? Tenho a certeza que ela lhe vai dizer tudo aquilo que quer ouvir. Caso contrário, mande-me parar quando quiser sair, — disse Morgan. — É só dizer.

Eric limitou-se a olhar em frente.

Morgan pensou que tinha tido medo da felicidade e a tinha mantido afastada; tinha tido medo das pessoas e tinha-as mantido afastadas. Ainda tinha medo, mas agora era demasiado tarde para isso.

De repente deu uma pancada no volante e disse:

— Muito bem.

— O quê? — Perguntou Eric.

— Já decidi, — disse Morgan. — A resposta é sim. Sim a tudo! Agora saia. — Parou o carro. — Saia, já disse!

Ao afastar-se, viu a imagem de Eric através do retrovisor, tornando-se cada vez mais pequeno.

Meia-Noite Todo o Dia

Ian recostou-se na única cadeira do apartamento em Paris, esperando que Marina terminasse na casa de banho. Ainda demoraria bastante, uma vez que estava a aplicar unguentos — de sete qualidades diferentes — sobre o corpo, espalhando-os com gestos lentos. Prezava-se imensamente.

Estava feliz por ter alguns minutos para si. Recentemente tinha havido muitos dias importantes; suspeitava de que este seria o mais importante de todos e que o seu futuro se delinearia a partir dele.

Durante as últimas manhãs, antes de saírem para o pequeno almoço, ouvia a Sonata de Schubert em Si Bemol Maior, que nunca tinha ouvido antes. À excepção de uma ou outra cassete de *pop*, era a única música no apartamento de Anthony. Ian tinha encontrado o disco debaixo de um móvel no primeiro dia que lá tinham passado.

Agora, ao levantar-se para pôr o CD a tocar, teve um vislumbre da sua imagem no espelho do roupeiro e viu-se como uma personagem de um quadro de Lucien Freud: um homem de meia idade, de gabardina fina acastanhada, rosto cinzento, em pé ao lado de uma planta agonizante, pesado e, para sua surpresa, com uma absurda expressão de esperança, ou de desejo de agradar, nos olhos. Ter-se-ia rido se não tivesse perdido o seu sentido de humor.

Levantou o volume da música. Abafava as vozes provenientes de uma escola primária vizinha. Faziam-no lembrar da filha, que no momento estava com a avó em Londres. A mulher de Ian, Jane, tinha dado entrada no hospital. Tinha que discutir este assunto com Marina, que ainda não sabia de nada. Ela não queria ouvir falar da mulher dele e ele não queria falar dela. Mas a não ser que o fizesse, a mulher continuaria a ensombrá-lo — a ensombrá-los a ambos — tornando tudo demasiado obscuro.

Apesar de Ian ter sido um miúdo da geração *pop*, intimidado por aquilo que julgava ser a música clássica, ouvia avidamente a sonata de Schubert, às vezes andando de um lado para o outro. Independentemente das vezes que a ouvia, nunca se lembrava do que vinha a seguir; tão pouco sabia o que lhe transmitia, uma vez que a peça não tinha um sentido de tonalidade constante. Gostava da ideia daquele ser um tipo de música que ele nunca viria a entender; essa parecia ser uma parte importante de todo o processo. Era também um alívio constatar que ainda tinha a capacidade de se deixar entusiasmar, absorver, bem como consolar. Algumas manhãs já acordava com vontade de ouvir a peça.

Ele e Marina tinham passado dez dias no minúsculo apartamento do seu melhor amigo e sócio, Anthony, que tinha uma amante ou amiga francesa. Na rue du Louvre, o apartamento estava bem situado para dar passeios, visitar museus e bares. O problema é que era no sexto andar. Para Marina era cada vez mais difícil subir as escadas de madeira estreitas e empenadas. Não que eles saíssem mais do que uma vez por dia. O tempo tinha estado fresco e luminoso, mas agora estava um gelo. O apartamento era frio, a não ser nos locais onde era quente, ao pé da lareira eléctrica embutida na parede, onde estava o único cadeirão.

O que é que havia entre ele e Marina? Tinham-se apenas sonhado um ao outro? Ele não sabia, mesmo agora. Tudo o que podia fazer era descobrir, vivendo até ao fim todos os suspiros e gritar o seu amor estúpido, maravilhoso e egoísta. Só então ambos saberiam se podiam ou não continuar.

Ele já tinha ouvido a sonata duas vezes quando ela entrou, nua, agarrando a barriga. Sentou-se para se vestir. Ele tinha-a desejado durante dias, meses, anos, e agora nem se lembrava se se falavam ou não.

— Não apanhes frio, — disse ele.

— Não tenho nada para vestir.

Poucas saias e calças lhe serviam, agora que estava grávida. Ele próprio tinha saído de Londres com apenas dois pares de calças e três camisas, uma das quais era Marina que usava normalmente. Pensar em tirar a roupa do apartamento que tinha partilhado com a mulher fazia-o sentir-se como um ladrão, particularmente agora que ela não estava lá. Possuía agora menos coisas do que quando estava na faculdade, há vinte anos.

Disse:

— Temos que comprar roupa.

— Quanto dinheiro ainda temos?

— Um dos cartões de crédito ainda está a funcionar. Pelo menos ontem à noite estava.

— E como é que o vamos saldar?

— Vou arranjar emprego.

Ela bufou:

— A sério?

Antes de deixarem Londres tinha sido recusado um emprego a Marina, por estar grávida.

Ele disse:

— Talvez numa loja de bebidas. Porque é que te estás a rir?

— Tu, tão delicado, tão orgulhoso, a vender cervejas e batatas fritas.

Ele disse:

— É importante para mim não te desamparar.

— Eu sempre me sustentei a mim própria, — disse ela.

— Mas agora não podes.

— Achas que não?

Ele continuou:

— O Anthony é capaz de me emprestar algum dinheiro. Não te esqueceste que ele chegava esta tarde, pois não?

— Não podes continuar a pedir-lhe dinheiro.

— Amo-te, — disse ele.

Na noite anterior tinham ido a pé a um restaurante perto do Jardim do Luxemburgo e falado do quão a sério os parisienses levavam a sua comida. Os empregados de mesa eram profissionais em vez de estudantes e a comida era substancial e antiquada, para ser comida e não olhada. As pessoas mais velhas entalavam guardanapos à frente e as crianças sentavam-se em almofadas nas cadeiras.

— Este era o meu sonho de adolescente, — tinha dito Marina. — Vir viver e trabalhar para Paris.

— Agora estamos a viver em Paris, — replicara ele. — Mais ou menos.

Ela disse:

— Nunca imaginei que fosse assim. Nestas condições.

Esta observação amarga fê-lo sentir como se lhe tivesse armado uma cilada; talvez ela se sentisse da mesma forma. No regresso a casa, em silêncio, ele pensou quem seria ela, considerou as suas várias camadas. Estavam ambos a tentar desvendá-las, esperando encontrar o outro por baixo, como se isso revelasse a única verdade útil. Mas no fim há que viver com todas as facetas da outra pessoa.

Ele e Marina tinham estado em Paris, numa viagem de negócios inventada, há mais de um ano, mas nas outras alturas viam-se apenas esporadicamente. Estes dez dias representavam o período mais longo que tinham passado juntos. Ela ainda mantinha um quarto numa casa onde viviam outros jovens. A sua gravidez provocava inveja e confusão nas outras mulheres, enquanto que os rapazes se perguntavam se ela iria manter o nome do pai em segredo.

Quando Ian deixou a mulher, ele e Marina tinham passado algumas noites juntos na casa de Londres de Anthony. Este vivia sozinho; a casa era grande e estava pintada de branco. Tinha um moderno soalho de tábuas, totalmente a descoberto. Estava quase vazia, à excepção de alguns sofás pálidos, caros. Fazia lembrar o cenário de um palco, pronto para os actores entrarem. Mas Ian sentia-se como um intruso e disse a Anthony que tinha que se ir embora. Cinco anos antes tinham formado juntos uma empresa de produção cinematográfica. No entanto, Ian já há quase três meses que não ia trabalhar. Tinha dado instruções a Anthony para lhe congelar o salário e andara bêbado pela cidade, falando só com os loucos e desamparados, pessoas que não o conheciam. Quando ficamos desesperadamente doentes, temos que viver só no presente; não há outra dimensão. Mas a autodestruição era uma tarefa difícil e demorada e Anthony obrigou-o a parar com tudo aquilo. Ian não sabia se conseguiria voltar ao trabalho. Não fazia ideia do que é que andava a fazer. Esta era, em parte, a razão pela qual Anthony vinha a Paris, para arrancar de Ian uma decisão.

Ian não podia esquecer a generosidade de Anthony para com ele. Fora por insistência sua — e também às suas custas — que Ian e Marina tinham ido para Paris e ficado no seu apartamento.

— Vão e vejam se realmente querem ficar juntos, — dissera. — Fiquem o tempo que quiserem. Depois digam-me qualquer coisa.

— Toda a gente me aconselhou a desistir e a voltar para a Jane. Não paravam de me dizer o quanto Jane é encantadora. Não posso fazer isso, mas eles pensam que eu sou parvo

— Sê parvo à vontade e esquece os outros, — tinha-lhe dito Anthony.

Enquanto Marina se vestia, agora, Ian sabia que se avizinhava uma separação definitiva. Tiveram o seu tempo em Paris e a distância entre eles era considerável. Nos últimos dias ela tinha falado em voltar para Londres, arrendar um pequeno apartamento, arranjar um emprego e criar o filho sozinha. Muitas mulheres o faziam actualmente; parecia quase uma questão de orgulho. Ele seria redundante. Ian apercebera-se de que era importante para ela sentir que podia viver sem ele. Mas se o seu amor, de um determinado ponto de vista, parecia um vício perigoso, ele tinha que a convencer de que ainda havia uma chance de ficarem juntos, apesar de, a maior parte do tempo, ele próprio não acreditar nisso. Não queria discutir; tudo estava a perder-se e era esse o destino a que tinha que se submeter. Mas havia uma parte dele que não estava ainda pronta a sucumbir. Acreditar no destino era uma tentativa de acreditar que não temos vontade própria e ele também não queria isso.

— Tenho fome, — disse ela.

— Então vamos comer.

Ele ajudou-a a levantar-se.

Ela disse:

— Tenho-me sentido tonta.

— Assim que precisares de te sentar diz-me logo, e uma cadeira aparecerá.

— Está bem. Obrigada.

Abraçou-a, inclinando-se sobre a sua barriga.

Ela continuou a falar:

— Estou tão contente por estares aqui.

— Eu vou estar sempre aqui, se tu me quiseres.

Ela viu-se ao espelho:

— Pareço um pinguim.

— Então vamos ver o que se passa do outro lado da tundra, — disse ele.

— Não me gozes.

— Desculpa se te ofendi.

— Não comeces, — disse ela.

Ela estava ansiosa. Agora tinha os peitos cheios, as faces rosadas e os braços, pernas e coxas inchados. Receava que ele amasse apenas a sua magreza e juventude. Além disso sentia-se esgotada e parecia que, nos seus vinte e muitos anos, tinha passado para outra fase da vida sem o querer. Tudo o que desejava, na maior parte do tempo, era estar deitada. As veias sobressaíam-lhe por baixo da pele fina das pernas; todas as noites pedia a Ian que lhe massajasse os tornozelos doridos. Mas tinha a pele límpida e o cabelo brilhante. Não tinha carne a mais. Estava tesa, esticada até ao limite; e saudável.

Ao fundo das escadas estava sem respiração, mas estavam ambos contentes por estarem na rua.

Ele gostava de passear em Paris: as ruas delimitadas por galerias, as lojas cheias de pequenos objectos — uma cidade de pessoas preocupadas com os sentidos. Parecia calma e inundada pelo bom gosto, comparada com a pressa, a fúria e o dispêndio de Londres, que estava mais uma vez na moda. As paredes das livrarias de Londres estavam cheias de revistas e jornais, dos perfis de novos artistas, guionistas, compositores, actores, bailarinos, arquitectos — todos idênticos, cínicos, agitados e conflituosos à boa maneira britânica. Os restaurantes abriam todos os dias e os *chefs* eram famosos. À meia-noite, no Soho e em Convent Garden tinha que se abrir caminho por entre multidões como num carnaval. Não era algo por que Ian se interessasse antes de estar apaixonado e assente na vida.

Enquanto caminhava, Ian viu um homem de meia idade vestido elegantemente. Vinha na sua direcção e segurava a mão de uma menina mais ou menos da idade da sua filha. Falavam e riam. Ian presumiu que a menina estava atrasada para a escola e o pai a levava; não havia nada mais importante que o homem pudesse fazer naquele momento. Próximo, encorajador, generoso, disponível — Ian pensou no pai que quisera ser. Sabia que as crianças precisavam de ser ouvidas. Mas estas eram ideias que teria que rever; não podia, agora, ser igual ao seu próprio pai noutra geração. Haveria uma distância. Imaginou a sua filha dizendo:

— O meu pai foi-se embora. Nunca cá estava. — Ia fazer o seu melhor, mas não seria a mesma coisa; sem querer tinha falhado.

Ian virou-se e esperou que Marina o alcançasse. Tinha a cabeça inclinada, como já era costume, e usava um carapuço de lã com um pompom. Sobre o longo vestido preto tinha um sobretudo três quartos com gola de pele. Calçava ténis. Quando chegou ao pé dele, pegou-lhe no braço.

Tinha-se habituado ao tamanho dela. Durante dias esquecera-se de que iam ter um filho até que, em momentos inesperados, o tomava o terror da irreversibilidade desse facto, e também da sua perpétua ligação. No início tinham falado em abortar; mas nenhum deles poderia viver com tal negação de esperança. Amavam-se, mas seriam capazes de viver juntos? Isto era a história da vida dele. Se não conseguisse fazer com que esta relação resultasse, não só se teria separado da sua família para nada, como acabaria sem nada — nada a não ser ele próprio.

Pensou no que ela teria que suportar: ele a resmungar sobre tudo, a gemer e a gritar durante o sono, como se estivesse povoado por fantasmas; nos seus medos e dúvidas; nos seus êxtases repentinos, a sua loucura, razão, experiência e ingenuidade; no quanto a fazia rir e na fúria que ela podia demonstrar. No quanto encerrariam de outras pessoas! Pensou se o facto de nos apaixonarmos poderia apenas ser um vislumbre do outro, a quem é que era realmente dirigida a paixão? Estavam a viver uma observação mais extensa e minuciosa um do outro.

Num café nas proximidades, onde costumavam ir todos os dias, ela sentou-se enquanto ele foi ao balcão fazer o pedido do pequeno almoço. Falou inglês em voz baixa, uma vez que Marina ficava irritada pelo facto de ele nunca tentar falar francês. Mas já há vinte e cinco anos que tinha estudado a língua e o esforço, combinado com o insucesso, era humilhante.

Observava os parisienses a entrar, a tomarem os seus cafés, a devorarem os seus *croissants* e a saírem apressados para o trabalho. Marina continuava sentada com as mãos na barriga. O bebé devia estar acordado — dava-lhe pontapés. À vezes a barriga tornava-se tão fina e esticada que ela achava que se ia abrir, como se a criança tentasse abrir caminho ao pontapé. Sentia outras ansiedades — que o bebé fosse cego ou autista — bem como outras dores, agitações e pulsações na barriga. Eram medos comuns; ele já tinha passado por isto com outra mulher mas não gostava de lho lembrar.

— Hoje estás ainda mais bonita, — disse ele ao sentar-se. — Há muito tempo que não tinhas os olhos tão brilhantes.

— Estou surpreendida, — disse ela.

— Porquê?

— Tem sido tão difícil.

— Um bocadinho, sim, — disse ele. — Mas vais ver que vai ficar mais fácil.

— Vai?

Claro que ele estava dividido em relação a ter outro filho. Lembrava-se de se sentar em casa com Jane, depois de terem voltado do hospital com a filha. Ele tinha tirado uma semana de férias e apercebeu-se então do pouquíssimo tempo que ele e Jane tinham passado juntos nos cinco anos precedentes. Houvera uma altura em que os seus medos tinham coincidido; isso, durante um certo período, fora a expressão do amor. Percebeu que tinham tido a necessidade de se manterem afastados, por medo de se tornarem alguém que ambos odiassem. Ele não queria usar as palavras dela; ela não queria as opiniões dele dentro dela. A menina era, e ainda se mantinha, particularmente nos seus momentos de fúria, a expressão ou a recordação da incompatibilidade de ambos, de uma diferença que não tinham sido capazes de ultrapassar. Estava desejoso de estar com a filha sem Jane.

— O que é que te está a aborrecer hoje? — Perguntou Marina, quando estavam a beber café. — Ficas tempos infinitos a olhar para o vazio, depois viras a cabeça para todos os lados com urgência, pareces um melro. Pergunto-me que tipo de bicho te mordeu. Mas não é nada, pois não?

— Não. Só que tenho que falar com o Anthony esta tarde e ainda não decidi o que vou dizer.

— Ou o que vais fazer.

— É isso mesmo.

Ela perguntou:

— Não queres voltar?

— Não sei. — Barraram os *croissants* em silêncio. — As coisas aqui estão certamente a perder o propósito, — disse ele. — O Anthony mudou.

— Em que aspecto?

— Não queres que eu comece agora a dissertar sobre isso, pois não?

Ela disse:

— Mas eu adoro as tuas conversas. Adoro o som da tua voz mesmo que às vezes não ouça as palavras por inteiro.

Contou-lhe que eles tinham dirigido a empresa para eles próprios, por prazer. Nunca tinham querido trabalhar tempo excessivo nem aceitar projectos apenas por dinheiro. Nos últimos três anos tinham feito três filmes temáticos, um dos quais tinha sido extremamente bem sucedido no âmbito da crítica e tinha pago o investimento. Produziram também uma série de documentários para televisão. Mas recentemente, sem ter totalmente discutido o assunto com Ian, Anthony tinha aceitado o projecto de uma cara comédia americana que ia ser filmada em Londres com um realizador petulante e sem talento.

Anthony tinha feito novos amigos no cinema e na televisão. Ia de avião aos jogos domésticos do Manchester United e assistia ao jogo no camarote do presidente. Ia aos jantares do novo partido trabalhista e, Ian presumia, doava dinheiro ao partido. Falava de um amigo que tinha um viveiro de trutas no fundo do jardim, apesar de Ian duvidar que Anthony reconhecesse uma truta a não ser no prato.

Nos últimos vinte anos Ian tinha conhecido quase toda a gente da sua profissão. Era um discípulo nato, gostava de ouvir e admirar; coleccionava mentores. Muitos destes amigos, na sua maioria de proveniência humilde, viviam agora no meio de um luxo ostensivo, como os grandes industriais do século dezanove. Eram editores de jornais, realizadores de filmes, presidentes de editoras, de canais de TV, jornalistas famosos e professores. Nos seus tempos livres, que pareciam ser abundantes, tornavam-se presidentes de vários conselhos de teatro, cinema e artes. Os sessenta anos, nos homens, eram uma idade frívola, de auto--expansão e auto-indulgência.

Se Ian estava perplexo, era porque aquela geração, dez anos à frente, tinha sido amaldiçoada, liberada, discordante. De alguma forma, Thatcher tinha-os ajudado a ganhar poder. Ao segui-la, tinham-se passado para a direita e acabado no centro. As suas políticas de esquerda tinham-se transformado em tolerância social e falta de deferência. Por outro lado, fumavam charutos e eram conduzidos por motoristas às suas casas de campo às sextas-feiras à tarde; sentados com os amigos olhando as suas terras, enquanto mulheres locais trabalhavam na cozinha, queixavam-se das adversidades da sua nobreza. Ficavam excitados como adolescentes quando viam a própria fotografia nos jornais. Queriam chegar ao topo.

— Perderam o seu atrevimento intelectual, — disse Ian.

— Há uma parte de ti que vê tudo isso como o futuro, — disse Marina.

— Estou consciente de que temos que encontrar coisas novas, — disse ele. — Mas não sei que coisas.

Olhou para ela. Estava preparado para falar da mulher.

— Mais tarde ou mais cedo temos que voltar para Londres, — disse ele. — Em breve, provavelmente, e enfrentar tudo. Quero fazer isso e não quero ao mesmo tempo.

— E vamos para onde? — Perguntou ela. — Eu não tenho nada, o teu dinheiro está em casa da tua mulher e tu nem tens emprego.

— Bem...

Ele acreditava que ela confiava nele e imaginava que mesmo agora, apesar de tudo, ele sabia o que fazer. Olhando para o rosto doce de Marina agora, e para os seus dedos longos depenicando um *croissant*, contemplou a sua dignidade interior. Se ele a achava magnificente não era por ser imperiosa, mas constante. Ela nunca se inquietava; nunca fazia nada desnecessário.

Tinham parado de falar do futuro e do que é que fariam para terem uma vida em comum, como se tivessem voltado a crianças e quisessem que alguém lho dissesse. Passeavam-se por Paris, obedecendo a uma rotina implícita, consultando os seus guias da cidade, visitando galerias, museus e parques, indo a restaurantes à noite.

Para amá-la, ele tinha que deixar de ser o homem que não tinha conseguido amar Jane para se transformar no homem que conseguiria amar Marina. E a transformação tinha que ser rápida, ou perdê-la-ia. Se não se desse bem com esta mulher, não se conseguiria dar bem com mais nenhuma e estaria perdido.

— Vamos? — Disse ela.

Ajudou-a a vestir o casaco. Atravessaram o Sena numa ponte de madeira com bancos, onde se sentaram de frente para a Pont Neuf, apreciando a paisagem. Ele pensou, então, que este seria o melhor momento para começar a falar da mulher; mas pegou antes no braço de Marina e continuaram a sua caminhada.

Sabiam que a enorme fila à porta do Musée d'Orsay não tardaria a diminuir. Ele surpreendia-se com a avidez das multidões de olhar para coisas boas.

Já estavam lá dentro — Marina deambulava algures — quando, adjacente às "Portas do Inferno" de Rodin, Ian se viu ao lado da torre de pedra branca que era "Balzac". Ian tinha-a visto muitas vezes desde a adolescência, mas nesta ocasião provocou-lhe repentinamente o riso. Certamente Balzac tinha sido um figura débil e desgrenhada, obcecado por dinheiro e não pela imortalidade em que Rodin lhe pusera os olhos. Pelo que Ian se lembrava, Balzac tinha passado pela vida a correr, recebendo muito pouca satisfação; a sua ambição fora um pouco ridícula — ou talvez pequena e irreflectida. E no entanto era um homem: alguém que tinha agido, convertendo a experiência em algo poderoso e sensual.

Rodin tinha certamente feito de Balzac uma figura de força. Ian lembrou-se do medo que a sua própria mãe, uma senhora tímida, tinha tido do seu ruído e energia; estava sempre a dizer-lhe para se acalmar. Só o facto de estar vivo já parecia alarmá-la. Também com Marina Ian tinha tido medo das suas próprias fúrias, do seu poder e até dos danos que acreditava que podia causar só pelo facto de ser homem, e de como isso podia fazer com que ela deixasse de amá-lo. Que males tinham causado os saqueadores do século vinte! Teria causado danos à mulher? E no entanto, ao olhar agora para a ideia que Rodin tinha de Balzac, pensou: antes uma besta que um anjo castrado. Se a tragédia do século vinte tinha sido o fascismo e o comunismo, o triunfo era que ambos tinham sido derrotados. Perdemos, sem culpa, a nossa humanidade, mas se houver humanidade em demasia nada pode ser redimido!

Quando saíram do Musée d'Orsay deu-se conta da rapidez com que caminhava e de como se sentia vivo e estimulado. Rodin e Balzac tinham-lhe feito bem.

Ao entrarem num restaurante, Marina sublinhou que parecia caro, mas ele incitou-a a entrar, dizendo:

— Vamos mas é comer, e beber!

Olhou para ele de forma inquisitória, mas ele queria falar, mantendo Rodin em mente como um talismã, ou a recordação de algum êxtase de infância suprimido. Atirar-se-ia contra o mundo e sobreviveria. Tinha provavelmente lido demasiados livros de Becket quando era novo. Deveria ter lido Joyce.

— Eu sei que não queres falar nisto, — disse ele. — mas a minha mulher...

— Sim? O que é que tem?

Já a tinha alarmado.

— Está no hospital. Tomou comprimidos e álcool e desmaiou. Acho que ela fez isso depois de eu lhe ter contado do bebé. O nosso bebé, sabes.

— Morreu?

— Talvez isso fosse um alívio. Mas não. Não. — Continuou. — É uma coisa terrível de se fazer, aos outros, à nossa filha em particular. Fiquei surpreendido, uma vez que Jane nunca pareceu gostar de mim. Neste momento deve estar perturbada. Tem que perceber que não pode estar ligada a mim para sempre. Não me quero alongar muito neste assunto. Só queria que tu soubesses, é tudo.

Ela permaneceu em silêncio durante algum tempo.

— Tenho pena dela, — disse por fim. Começou a soluçar. — Perder um amor que pensava que ia durar para sempre. E ter que recuperar dessa perda. É terrível, terrível, terrível!

— Sim, bem...

Ela disse:

— Como é que eu sei que tu não me vais fazer o mesmo?

— Desculpa?

— Como é que eu sei que tu não me vais deixar, como a deixaste a ela?

— Como se eu agora fizesse desse tipo de coisa um hábito!

— Já o fizeste uma vez. Talvez mais do que uma. Como é que eu sei?

A afronta calou-lhe a boca. Se falasse diria coisas terríveis, não se entenderiam um ao outro. Mas tinha que continuar a falar com ela.

Ela continuou:

— Tenho um medo constante de que tu te canses de mim e voltes para ela.

— Eu nunca vou fazer isso, nunca. Porque é que eu faria isso?

— Vocês conhecem-se bem um ao outro.

Ele disse:

— Depois de uma certa idade, tudo acontece sob o estigma da eternidade, que é provavelmente a melhor forma de fazer as coisas. Neste momento já não tenho tempo para vacilar.

— Mas tu és frágil, — disse ela. — Tu não lutas por ti. Deixas que os outros te comandem.

— Quem?

— Eu. O Anthony. A tua mulher. Sempre tiveste medo dela.

— Isso é verdade, — disse ele. — Não consigo parar de querer contar com a generosidade dos outros.

— Não podes sobreviver só com isso. — Ela não estava a olhar para ele. — A tua fraqueza confunde as pessoas.

— Eu não sou uma fantasia, mas um humano destroçado cheio de pontos fracos, e alguns pontos fortes, como toda a gente. Mas quero estar contigo. Disso tenho a certeza. — Pagou a conta. — Preciso de dar um passeio, — disse. — Quero pensar naquilo que vou dizer ao Anthony. Vemo-nos em casa mais tarde.

Ela pegou-lhe na mão:

— Seria uma pena que a tua inteligência e perspicácia, que as tuas ideias fossem desperdiçadas. Agora dá-me um beijo.

Ele saiu, deixando-a na companhia do seu bloco de notas. Andou sem rumo ao frio. Pouco depois estava no café onde tinha ficado de se encontrar com Anthony, uma hora antes do combinado, a beber café e cerveja.

Pensou que Anthony seria capaz de entender as dificuldades que se podem ter com uma mulher. Mas como sócio, Ian não tinha a certeza da sua compreensão. Ian tinha sido extremamente negligente. Anthony agora já nem precisava tanto dele. Se Ian tinha alijado até a própria mulher, Anthony podia muito bem fazer o mesmo com ele.

Do lado de dentro do café, Ian viu o Mercedes com *chauffeur* de Anthony. Depois de mandar o carro embora, este verificou o cabelo e sacudiu-se. Trazia uma jovem com ele, a quem dava instruções. Devia ser a sua nova assistente. Deixando-a a andar de uma lado para o outro no passeio, a fazer telefonemas, Anthony entrou no café.

Usava um fato escuro de bom corte; tinha pintado o cabelo. Anthony era alto e muito magro; bebia pouco. Além de uma certa confusão e uma inaptidão para lidar com mulheres, tinha poucos vícios. Ian tinha tentado mostrar-lhe alguns. Depois da primeira pastilha de E*cstasy* de Anthony (oferecida por Ian, que as comprava ao carteiro) consumiram drogas — particularmente *Ecstasy*, com cocaína para ganharem energia; e *cannabis* para se acalmarem — durante um ano, que foi o tempo que os levou a aperceberem-se de que não conseguiriam ressuscitar o prazer que tinham tido na primeira noite. Ian agora só tomava calmantes.

— Onde é que ela está? — Perguntou Anthony, olhando à sua volta. — Qual é a aparência dela?

— Está em casa. Está com uma aparência esplêndida. Só que contei-lhe da Jane.

Anthony sentou-se e pediu uma omelete.

— Uma chantagenzinha estúpida, — murmurou.

Ian disse:

— Estava a enlouquecer, com medo de lhe contar. Podes-me dizer como é que está a Jane?

Tinha pedido a Anthony para se certificar. Ele saberia como descobrir. Este disse:

— Em termos físicos, não tem nada. Claro, está perturbada e deprimida, mas vai sobreviver a isso. Sai hoje do hospital.

— Achas que eu devia ir visitá-la?

— Não sei.

Ian disse:

— No momento, a consciência está a dar provas de uma certa tenacidade. Onde é que estão os meus calmantes?

— Disse ao charlatão do médico que eram para mim. Não me receitou nada. Disse que eu já estava calmo demais.

— Isso quer dizer que não me trouxeste nenhuns?

— Pois.

— Oh, Anthony.

Anthony abriu a pasta e tirou uma maquineta, um pequeno computador, fazendo espaço para ele em cima da mesa.

— Ouve, — andava ocupado. O recente ritmo lento de Ian não era certamente o de Anthony. — Preciso da tua opinião acerca de um realizador com quem eu, nós, talvez venhamos a trabalhar. Acho que tu o conheces.

Enquanto Ian dava a sua opinião Anthony digitava, de forma bastante atabalhoada, pareceu a Ian; os dedos de Anthony pareciam demasiado gordos para as teclas. Era uma máquina que Ian sabia que ele nunca viria a entender, tal como a sua mãe tinha decidido que era demasiado tarde para se incomodar com vídeos e computadores. Mesmo assim, Ian perguntava--se se ele seria mesmo o tonto que gostava de parecer. As suas ideias não eram assim tão más.

Mudaram rapidamente o assunto, como Ian gostava, para o futebol.

Não tinha comprado jornais ingleses ultimamente; queria saber os resultados. Anthony disse que estivera em Stamford Bridge para ver o Manchester United a jogar com o Chelsea.

— Presumo que me queres fazer inveja, — disse Ian.

— Porque é que não vens ver o próximo?

— Pois é. Já tenho saudades de Londres.

Quando não conseguia dormir, Ian gostava de imaginar que passeava por Londres de táxi. O percurso levava-o através do West End e da Trafalgar Square, descia a Mall e passava por Buckingham Palace — com o Green Park, como uma gruta, do lado direito; através dos perigos do Hyde Park, depois pelo Minema (exibindo um obscuro filme espanhol), as janelas do Harvey Nichols. Se não conhecesse a cidade, que sítio mais liberal e individual pensaria que era! Começava a fartar-se das privações deste pequeno exílio.

Começou a pensar se Marina estaria a dormir ou a passear por Paris. Ocorreu-lhe que ela pudesse ter partido e voltado para Londres. Pensou se isto não seria um desejo seu, para pôr finalmente cobro à sua ansiedade. Mas sabia que não era isso que queria. Quis voltar para casa a correr para lhe dar segurança.

Perguntou a Anthony:

— Como é que está o projecto americano?

— Começamos a filmar no Verão.

— A sério?

— Claro. Não foi difícil arranjar o dinheiro, como eu te tinha dito.

Sentiu que Anthony o estava a tratar com uma certa condescendência, mas ao mesmo tempo também se sentia à vontade com ele.

Disse:

— Não sei porque é que não fizeste os filmes de que eu gostava.

— Estavas a quebrar. Além disso não estavas lá. Porque é que não os fazes agora? Temos dinheiro para os desenvolver.

— Eu e a Marina ainda não temos um sítio para viver.

Anthony acenou à sua assistente através da janela, ainda a andar de um lado para o outro.

— Ela arranja-te um apartamento. Se voltares para Londres ponho-te num hotel a partir de amanhã e a partir de segunda-feira já tens casa. Está bem? — Ian não respondeu. Anthony continuou, — Agiste correctamente ao vires embora, ao deixares a Jane, e ao deixares Londres.

— A Jane não parava de dizer que eu não me tinha esforçado o suficiente. É claro que parte do tempo eu estava com a cabeça noutro sítio. Mas estive com ela seis anos.

— Com certeza tempo suficiente para se saber se se quer estar com alguém ou não. Cumpriste essa etapa. Agora acabou. Estás livre, — disse Anthony.

Ian gostava da forma como Anthony desmistificava as coisas.

— Estou profundamente arrependido, — disse Ian, — pelo facto de ter sido tão infeliz durante tanto tempo.

Anthony suspirou:

— Não podes ficar para sempre agarrado a essa infelicidade.

Ian concordou:

— Pois não. Também eu comecei a acreditar no amor romântico. Sinto-me um tolo por me ter rendido a essa ideia. O que é que a sublimação tem de errado? Antes um Rembrandt que uma punheta, não achas?

— E porque não a sublimação e a cópula? — Perguntou Anthony.

— Pensa no Picasso. — Inclinou-se sobre a mesa. — O que é que se passa com a Marina?

— É o problema da minha vida. Ressaca pura, psicose e morte, tudo ao mesmo tempo. Tenho tentado perceber alguma coisa sobre mim próprio e também aquilo que poderei ser capaz de fazer. Agora vejo as coisas de forma mais clara. Não quero desistir.

— E porque é que havias de desistir? Só precisas de olhar para ela para ver o quanto está apaixonada por ti. É engraçado como é que podemos ser tão cegos em relação a essas coisas tão óbvias. Ian, neste momento há muitas coisas a acontecer na empresa. Gostava muito que voltasses. Em breve. Segunda-feira, por exemplo. — Anthony olhava para ele. — O que é que achas?

— Precisas mesmo de saber?

— Preciso.

Ian apercebeu-se de que ainda não tinha falado com Marina acerca disso. Só muito raramente lhe pedia conselhos. Estava habituado a fazer tudo sozinho. Se conseguisse solicitar a sua ajuda, se aprendesse a pedir-lhe o seu apoio talvez ela se sentisse mais envolvida. Talvez o amor fosse uma troca de problemas.

— Vou pedir a opinião de Marina.

— Óptimo.

Ian queria continuar a falar mas Anthony estava atrasado para uma reunião. A seguir encontrar-se-ia com a amante. Ian levantou-se para ir embora.

— O problema é que agora estou com falta de dinheiro.

— Claro.

Anthony abriu o livro de cheques e passou um. Depois deu algum dinheiro a Ian. Lá fora apresentou-o à sua assistente. Ian interrogou-se sobre o quanto ela saberia dele. Anthony disse que Ian voltaria ao trabalho na segunda-feira. Quando entrou para o carro com a jovem, Ian acenou-lhes do passeio.

À medida que regressava, ia-se apercebendo de que queria estar em casa, numa casa que gostasse, com uma mulher e crianças de quem gostasse. Queria perder-se no quotidiano, em coisas sem importância. Talvez essas coisas estivessem agora ao seu alcance. Uma vez alcançadas, podia pensar noutras e tornar-se útil.

Meteu a chave na fechadura, entrou no edifício e subiu as escadas a correr. Tocou repetidamente a campainha. Estava frio mas ele transpirava. Tocou de novo. Depois tentou abrir com a chave. Por fim abriu a porta e percorreu o corredor. O quarto estava escuro. Acendeu a luz. Ela estava deitada na cama. Sentou-se.

O Guarda-chuva

No mesmo minuto em que chegaram ao parque de diversões, os dois filhos de Roger irromperam por uma longa rampa e em breve estavam pendurados numa rede de aço que pendia de uma viga alta. Satisfeito pelo facto de que lhes levaria um certo tempo para se verem livres da rede, Roger sentou-se num banco e concentrou-se na secção de desporto do seu jornal. Sempre achara relaxante ler reportagens sobre jogos de futebol que não tinha visto.

Depois começou a chover.

Os filhos, de quatro e cinco anos e meio, tinham-se recusado a usar casaco quando a *au pair* lhos entregara, há meia hora. Os casacos faziam-nos "gordos", afirmavam. A Roger não tinha restado outra hipótese senão carregá-los debaixo do braço.

O mais velho tinha vestido um fato verde justo e fino, um boné de cartão com uma pena: ou era Robin do Bosques ou Peter Pan. O mais novo usava uma coldre de plástico com duas pistolas prateadas, um punhal de plástico e uma espada, botas *Wellington* azuis, calças de ganga com a braguilha aberta e um lenço aos quadrados ao pescoço, com que tapava a boca.

— Os *cow-boys* não usam gabardina, — disse ele — com a boca cheia de tecido.

Os rapazes desobedeciam a Roger com frequência, embora ele não pudesse dizer que a teimosia e a desobediência deles o irritassem. No entanto causavam-lhe problemas com a mulher, de quem se tinha separado há um ano. Essa manhã ela tinha-lhe dito ao telefone:

— És um disciplinador fraco e inadequado. Tudo o que tu queres é que eles fiquem do teu lado.

Durante o tempo que conseguiu, Roger fingiu que não estava a chover, mas quando o jornal começou a ficar ensopado e as outras pessoas se tinham ido embora do parque, chamou os filhos.

— Porra para esta chuva, — disse enquanto vestia apressadamente os casacos amarelos com carapuço às crianças.

— Não digas asneiras, — disse Eddie, o mais novo. — As mulheres acham que é feio.

— Desculpem. — Roger riu. Estava a pensar que além do fato também devia ter trazido uma gabardina.

— Tu precisas de uma linda gabardina, papá, — disse Oliver, o mais velho.

— O meu amigo disse que me dava uma gabardina, mas eu gostei mais do fato.

Tinha ido à loja essa manhã buscar o fato cor de chocolate. Desde o início dos anos setenta, que tinham sido o período mais extravagante de todos, que Roger gostava de se ver como um janota contido mas amador. Um dos seus melhores amigos era estilista e tinha lojas na Europa e no Japão. Alguns anos antes, o amigo, divertido com o interesse que Roger mostrava pela sua actividade, tinha-o convidado, durante uma passagem de modelos na embaixada britânica em Paris, a desfilar na passerele em frente da imprensa da moda acompanhado de homens mais jovens e mais altos. O amigo de Roger tinha-lhe dado o fato cor de chocolate como prenda pelo seu quadragésimo aniversário e insistira que o vestisse com uma camisa de seda azul. Os filhos de Roger gostavam de dormir com as suas roupas novas e ele percebia perfeitamente o seu entusiasmo. Não costumava usar fato para ir ao parque, mas essa noite ia à festa de uma editora e a seguir tinha o terceiro encontro com uma mulher que lhe tinha sido apresentada em casa de um amigo; uma mulher de quem gostava.

Roger começou a andar com os rapazes pela mão.

— É melhor irmos para a casa de chá, — disse ele. — Espero não sujar os sapatos.

— São lindos, — disse Oliver.

Eddie parou para se baixar e sacudir os sapatos do pai.

— Eu ponho as mãos em cima dos teus sapatos enquanto tu andas, — disse ele.

— Isso ia-nos atrasar um bocadinho, — disse Roger. — Corram, companheiros!

Pegou em Eddie, segurando-o nos braços como se fosse um bebé, as botas enlameadas a apontar para cima. Correram os três através do parque, que escurecia com a chuva.

A casa de chá era um celeiro amplo, com tecto baixo, quente, com uma iluminação radiosa e decorado com as cores — branco e preto — e as bandeiras do Newcastle United. O café era óptimo e tinha todos os jornais. Estava cheio de gente mas Roger viu uma mesa e mandou Oliver sentar-se.

Roger reconheceu a mãe de um rapaz do infantário de Eddie, bem como algumas amas e *au pairs*, que pareciam reunir-se quase todos os dias nalgum canto do parque. Três ou quatro delas tinham vindo a sua casa com as suas referências, quando ele ainda estava a viver com a mulher. Se pareciam reticentes com ele, duvidava que fosse por elas serem jovens e simples, mas antes por o verem como o empregador, o patrão.

Estava consciente de que era o único homem na casa de chá. Os homens que via com os filhos eram mais novos do que ele, ou mais velhos, já com a segunda família. Desejou que os filhos fossem mais velhos, e percebessem mais; devia tê-los tido mais cedo. Tinham ambos gozado e perdido os anos antes deles nascerem; tinha sido um ócio longo e nada satisfatório.

Uma rapariga na bicha virou-se para ele.

— A pensar outra vez? — Perguntou.

Reconheceu-lhe a voz mas não tinha trazido os óculos.

— Olá, — disse ele por fim. Chamou Eddie. — Olha, é a Lindy. — Eddie cobriu o rosto com ambas as mãos. — Lembras-te quando ela te dava banho e te lavava o cabelo?

— Eh, *cow-boy*, — disse ela.

Lindy tinha tomado conta das duas crianças quando Eddie nascera e tinha vivido lá em casa até ter decidido partir precipitadamente. Dissera--lhes que queria fazer outra coisa mas, em vez disso, tinha ido trabalhar para casa de um casal ali perto.

A última vez que Roger tinha visto Lindy, tinha-a apanhado a imitar o sotaque dos seus filhos e a rir. Eram "finos". Tinha ficado chocado pela constatação de como estas noções de "classe" se faziam sentir tão cedo.

— Já há muito que não o via, — disse ela.

— Tenho estado em viagem.

— Onde?

— Belfast, Cidade do Cabo, Sarajevo.

— Que bom, — disse ela.

— Para a semana vou para os Estados Unidos, — disse ele.

— Fazer o quê?

— Fazer palestras sobre Direitos Humanos. Sobre o desenvolvimento da noção do individualismo da ideia de um ser separado. — Queria dizer algo sobre Shakespeare e Montaigne, uma vez que tinha estado a pensar neles, mas apercebeu-se de que ela se recusaria a mostrar-se curiosa sobre o assunto. — E sobre a ideia dos direitos humanos no período do pós-guerra. Esse tipo de coisas. Espero que façam uma série televisiva.

Ela disse:

— A semana passada voltei do *pub*, liguei a televisão e lá estava você, a criticar uns livros inteligentes. Não percebi nada.

— Certo.

Tinha sido sempre bem educado com ela, mesmo quando não a conseguia acordar por ela ter bebido na noite anterior. Ela tinha-o visto com a barba por fazer, em pijama às quatro da manhã; ela tinha aberto portas e encontrado Roger e a mulher a abusarem um do outro por trás delas; tinha estado na sua vivenda arrendada em Assisi quando a mulher puxara a toalha de mesa com quatro tigelas de massa em cima. Deve ter ouvido reconciliações energéticas.

— Espero que corra bem, — disse ela.

— Obrigada.

Os rapazes pediram *doughnuts* grandes e sumo. O sumo entornava-se por cima da mesa e os *doughnuts* deixavam vestígios à volta da boca. Roger tinha que segurar o Cappuccino à sua frente para evitar que os miúdos metessem os dedos sujos na espuma e chupassem o chocolate que levassem agarrado. Para seu alívio juntaram-se à criança que estava com Lindy.

Roger começou a coversar com uma mulher na mesa ao lado, que lhe tinha dado os parabém pelos seus filhos. Ela disse-lhe que queria escrever um artigo para um jornal sobre como era difícil dizer "Não" às crianças. Não as podíamos enfeitiçar com sorrisos enigmáticos, como às pessoas numa festa; tinham que saber onde era o limite. Não gostava da ideia de que ela tivesse tornado a disciplina dos seus filhos num manifesto, mas pedir-lhe-ia o número de telefone antes de se ir embora. Durante mais de um ano não tivera vida social, com medo de que as pessoas conseguissem ver a sua angústia.

Estava a tirar o seu bloco de notas e caneta quando Lindy o chamou. Virou-se. Os seus filhos estavam do outro lado da casa de chá, a rolarem por cima de outro rapaz, maior, que gritava:

— Ele está-me a morder!

Eddie mordia bem; também sabia dar pontapés.

— Rapazes! — Gritou Roger.

Vestiu-lhes de novo os casacos à pressa, murmurando furiosamente para eles se calarem. Despediu-se da mulher sem lhe ficar com o número de telefone. Não queria parecer voluptuoso.

Sempre se orgulhara da ideia de ser um bom homem que tratava as pessoas de forma justa. Não se queria impor. O mundo seria um lugar muito melhor se as pessoas considerassem os seus actos. Talvez ele se tivesse colocado num pedestal.

— Tens uma reputação a defender, contigo próprio! — Tinha-lhe dito um amigo. Toda a gente tinha direito a algum orgulho e vaidade. No entanto, a relação com a mulher despira-o das suas certezas morais. Não havia nenhuma forma justa ou objectiva de resolver as divergências: as que dizem respeito à liberdade, à sua liberdade, de viver e se desenvolver à sua vontade, contra o direito que a sua família tinha de gozar a sua presença, da qual poderia depender. Mas nenhum tipo de consciência ou moral o faria voltar atrás. Não sentiu falta da mulher nem por um minuto.

Quando saíam do parque, Eddie apanhou uns narcisos de um canteiro e meteu-os ao bolso.

— Para a mamã, — explicou.

A casa ficava a dez minutos a pé dali. De mãos dadas, correram para casa debaixo da chuva. A sua mulher estaria de volta em breve e ele ia-se embora.

Só quando pegou nas chaves é que se lembrou de que a mulher tinha mudado a fechadura na semana anterior. O que ela fizera era ilegal: ele era o dono da casa; mas rira-se da ideia de ela pensar que ele pudesse entrar de repente, quando o que ele queria era ficar o mais afastado possível.

Informou os rapazes de que teriam de esperar na rua. Abrigaram-se debaixo do pequeno alpendre, com pingos de água a caírem-lhes na cabeça. Os rapazes depressa se fartaram de ficar ali com ele e de cantar as canções que ele começava. Enterraram os carapuços na cabeça e começaram a correr um atrás do outro para cima e para baixo.

Estava escuro. As pessoas regressavam do trabalho.

O vizinho do lado passou por eles.

— Trancado cá fora? — Perguntou.

— Receio bem que sim.

Oliver disse:

— Papá, porque é que não podemos entrar e ver os desenhos anima-dos?

— Foi só a mim que ela trancou cá fora, — disse ele. — Não a vocês. Mas claro, vocês estão comigo.

— Porque é que ela nos trancou cá fora?

— Porque é que não lhe perguntas a ela?

A mulher confundia-o e metia-lhe medo. Mas cumprimentá-la-ia de forma cívica, mandaria as crianças entrar e despedir-se-ia. No entanto era difícil arranjar um táxi naquela zona; impossível a esta hora e com este tempo. A estação de metro mais próxima era a vinte minutos a pé, através do parque encharcado, onde os bêbados e drogados se reuniam debaixo das árvores. Os seus sapatos, já molhados, ficariam imundos. Na festa teria que tentar tirar o grosso da lama na casa de banho.

Depois da violência da separação ele tinha esperado uma diminuição de interesse e de aversão da parte dela. Ele próprio tinha sobrevivido à pior parte e esperava uma acalmia. Uma generosa indiferença tinha-se tornado numa benção importante. Mas além de se recusar a divorciar-se dele, man-dava-lhe cartas de advogados sobre os assuntos mais triviais. Uma delas, lembrava-se agora, era sobre uma sanduíche de queijo que ele tinha feito durante uma visita às crianças. Ordenava-lhe que de futuro trouxesse a sua própria comida. Lembrou-se da mulher anos antes, a rir e a deitar a língua de fora, cheia do seu sémen.

— Olá meninos, — disse ela ao chegar.

— Mamã! — Gritaram.

— Olha para eles, — disse ele. — Ensopados até aos ossos.

— Oh, meu Deus.

Destrancou a porta e as crianças correram para o *hall*. Acenou a Roger:

— Vais sair.

— Desculpa?

— Estás de fato.

Ele entrou para o *hall*:

— Sim, tenho uma pequena festa.

Deitou uma olhadela ao seu antigo escritório, onde os seus livros estavam guardados em caixas no chão. Ainda não tinha sítio para os levar. Ao lado das caixas estava um par de sapatos de homem que não tinha visto antes.

Ela disse às crianças:

— Vou-vos fazer o lanche. — A ele disse, — Não lhes deste nada para comer, pois não?

— *Doughnuts*, — disse Eddie. — Eu comi um com chocolate.

— E eu com doce, — disse Oliver.

Ela disse:

— Deste-lhes essas porcarias?

Eddie estendeu-lhe as flores esmagadas:

— Toma mamã.

— Não se deve apanhar flores no parque, — disse ela. — Elas estão lá para serem admiradas por toda a gente.

— Foda-se, foda-se, foda-se, — disse Eddie de repente, com a mão sobre a boca.

— Cala-te! As pessoas não gostam disso! — Disse Oliver, batendo a Eddie, que começou a chorar.

— Ouve só o que ele disse, — disse ela a Roger. — Ensinaste-lhes esta linguagem nojenta. Não tens mesmo emenda.

— Nem tu, — respondeu Roger.

Nos últimos meses, para preparar as suas palestras, tinha visitado alguns sítios de gente desordeira e até assassina. O ódio que tinha presenciado ainda lhe causava surpresa. Era atávico mas abstracto; a maioria das pessoas não se conheciam. Isso fê-lo constatar como as pessoas se agarravam às suas antipatias e mantinham uma distância importante, atitude que no fim não conseguiam explicar. Depois de toda a análise política e as conversas sobre direitos, concluíra que as pessoas tinham compreendido a necessidade de se amarem umas às outras; e se isso era demasiado, o que tinham que fazer era deixarem-se em paz umas às outras. Quando isto ainda parecia inadequado e banal, suspeitou que estava no caminho errado, suspeitou que estava a tentar dizer algo sobre as suas próprias dificuldades em guisa de discurso intelectual. Porque é que não conseguia encontrar um método mais directo? Tinha, efectivamente, considerado escrever um romance. Tinha muito para dizer, mas não podia dispender tempo não remunerado.

Olhou para a rua:

— Está a chover bastante.

— Agora já não está assim tão mau.

Ele pediu:

— Tens um guarda-chuva que me emprestes?

— Um guarda-chuva?

Ele estava a ficar impaciente:

— Sim, um guarda-chuva. Sabes, aqueles objectos que seguramos por cima da cabeça.

Ela suspirou e voltou a entrar. Ele pensou que ela estava a abrir o armário da casa de banho.

Ele estava debaixo do alpendre, pronto para se ir embora. Ela regressou de mãos a abanar.

— Não. Não tenho nenhum guarda-chuva, — disse ela.

Ele retorquiu:

— A semana passada tinhas aí três.

— Talvez.

— E já não há aí três guarda-chuvas?

— Talvez haja, — disse ela.

— Dá-me um.

— Não.

— Desculpa?

— Não te vou dar nenhum, — disse ela. — Mesmo que houvesse mil guarda-chuvas não te dava nenhum.

Já tinha reparado o quão persistentes eram os seus filhos; pediam, imploravam, ameaçavam e gritavam até ele ceder.

Disse:

— Os guarda-chuvas são meus.

— Não, — repetiu ela.

— Ficaste tão mesquinha.

— Já não te dei tudo?

Ele aliviou a garganta:

— Tudo menos amor.

— Por acaso também te dei isso, — disse ela. — Liguei ao meu amigo. Já vem a caminho.

— Quero lá saber, — vociferou ele, — só quero que me dês um guarda-chuva.

Ela abanou a cabeça. Correu a fechar a porta. Ele pôs o pé à frente e ela bateu com a porta na perna dele. Ele queria massajar a canela, mas não lhe podia dar esse prazer.

Em vez disso pediu:

— Vamos tentar ser racionais.

Ele já tinha odiado antes, os pais e o irmão, em determinadas ocasiões. Mas eram apenas fúrias momentâneas, não um ódio profundo, intelectual e emocional como este. Tinha feito psicoterapia; tomava calmantes; mesmo assim o que lhe apetecia era reduzir a mulher a pó. Nenhuma das ideias que tinha sobre a vida conseguia afastar-lhe esse pensamento.

— Tu costumavas achar a chuva "refrescante", — troçou ela.

— Então agora estamos assim, — disse ele.

— Pois é, agora estamos assim, — concordou ela. — Também não é preciso chorar por causa disso.

Ele empurrou a porta:

— Então vou eu buscar o guarda-chuva.

Ela voltou a empurrar a porta contra ele:

— Não podes entrar.

— A casa é minha.

— Não sem uma combinação prévia.

— Nós já combinámos, — disse ele.

— Essa combinação perdeu o valor, — disse ela.

Ele empurrou-a.

— Estás a usar de violência para comigo? — Perguntou ela.

Ele olhou para a rua. Uma alcoólica, que ele tivera que remover do passeio várias vezes, estava a olhar para eles do outro lado da rua com uma lata de cerveja na mão.

— Eu estou a ver, — gritou ela. — Se lhe tocar faço queixa de si.

— Então veja! — Gritou-lhe ele.

Ele forçou a sua entrada em casa. Colocou a mão no peito da mulher e empurrou-a contra a parede. Ela gritou. Bateu com a cabeça, mas foi apenas, como se diz na gíria do futebol, um "mergulho". As crianças correram-lhe para as pernas. Ele empurrou-as.

Foi ao armário da casa de banho, tirou um guarda-chuva e dirigiu-se para a porta.

Ao passar pela mulher, esta tirou-lho. A sua força surpreendeu-o, mas arrancou-lho de novo e começou a afastar-se. Ela levantou a mão. Ele pensou que lhe ia dar uma bofetada. Seria a primeira vez. Mas ela fechou a mão e continuou a olhar para ele, mesmo depois de lhe ter dado um murro na cara.

Ninguém lhe batia desde que deixara a escola. Tinha-se esquecido do choque físico e depois da descrença, do estilhaçar do sentimento de que o mundo é um lugar seguro.

As crianças gritavam. Roger tinha deixado cair o guarda-chuva. A boca vibrava-lhe; tinha o lábio a sangrar. Deve ter tropeçado e perdido o equilíbrio, pois ela conseguiu empurrá-lo para fora.

Ouviu a porta bater atrás de si. Ouvia chorar as crianças. Saiu, passou pela alcoólica, ainda parada do outro lado da rua. Voltou-se para olhar para a casa iluminada. Depois de se acalmarem, as crianças tomariam banho e ficariam prontas para ir para a cama. Gostavam de que lhes lessem histórias. Era uma parte do dia de que sempre tinha gostado.

Puxou o colarinho para cima, mas sabia que ia ficar encharcado. Limpou a boca com a mão. Ela tinha-lhe assentado um valente murro. Só mais tarde é que descobriria se ficaria com marcas ou não. Se ficasse, causaria um certo interesse e divertimento na festa, mas não a ele; não com um encontro marcado.

Ficou debaixo de uma porta, vendo as pessoas passarem apressadas. As pernas das calças colavam-se-lhe à pele. Não pararia de chover tão cedo. Não podia ficar ali parado muito tempo. O melhor a fazer era não se importar. Começou a andar, atravessou o Green Park, no escuro, molhado, mas seguindo em frente.

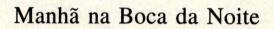

Manhã na Boca da Noite

Tinha estado a nevar.

Chegou a casa, olhou para o relógio, constatou que era tarde e dirigiu-se para um *pub* que conhecia no fim da rua. Empurrou a porta e um lobo da Alsácia acorrentado saltou na sua direcção. Várias crianças, uma das quais com bastantes cicatrizes, corriam umas atrás das outras no chão coberto de neve derretida, tropeçando nos pés dos adultos. A *jukebox* estava com um volume bastante alto, assim como a televisão e as vozes dos clientes. Há meses que não ia lá. No entanto reconheceu as mesmas pessoas.

Ia a sair quando o empregado do bar o chamou:

— Eh, Alan, meu. Alan, onde é que tens andado? — E começou a tirar-lhe uma cerveja.

Alan sentou-se no bar, acendeu um cigarro e bebeu metade do copo. Se acabasse rapidamente ele ainda lhe ofereceria outra. Isso significava que não tinha dinheiro, mas para que é que precisava de dinheiro esta noite? A última vez que tinha assistido a uma peça de teatro sobre a Natividade, na escola, tinha quatorze anos e o pai de um amigo tinha aparecido tão bêbado que não se apercebera de que tinha metido a gravata dentro de um copo de vinho tinto e ainda estava a pingar. Os rapazes apontavam para ele e riam-se. O filho tinha ficado extremamente envergonhado.

Alan acenou ao empregado, que colocou o segundo copo ao lado do primeiro. O filho de Alan era demasiado pequeno para vergonhas; efectivamente, Mikei estava a começar a venerar o pai.

Alan precisava de se acalmar. Melanie, a sua namorada actual, com quem vivia há um ano, tinha-o perseguido pela rua quando saíra de casa, puxando-lhe a mão e implorando-lhe para não ir. Ele repetiu-lhe incessantemente que tinha prometido ao filho ir assistir à peça.

— Todos os papás vão lá estar, — tinha dito Mikei.

— E este papá também vai lá estar, — aquiescera Alan.

Depois de muitos gritos, Alan deixou Melanie parada debaixo da neve. Só Deus sabe o estado em que a encontraria quando regressasse a casa, se é que estaria em casa. Alan trabalhava num teatro, mas não como actor. Apesar de hoje ele sentir que ela lhe tinha frito um *casting* para criminoso, um papel que não estava preparado para representar.

Alan acabou as duas bebidas e levantou-se para se ir embora. Seria a primeira vez que ele, a mulher e o filho sairiam juntos como uma família desde que ele partira, há dezoito meses.

Talvez tivesse sido o seu medo que tinha passado para Melanie. Contudo não tinha a certeza de que medo fosse a palavra certa. No caminho tinha tentado identificar aquele sentimento. Nem sequer era receio. A solução afigurara-se-lhe agora que se aproximava da casa. Era mágoa; uma mágoa escondida, mas não digerida, no peito.

O filho estava em pé numa cadeira, ao lado da janela. Ao ver o pai começou a saltar e a gritar:

— Papá, papá, papá! — Dando pancadas no vidro sujo.

Há uma semana que Alan não via Mikei e já se acostumara a procurar as alterações nele. No entanto ainda achava muito estranho visitar o próprio filho, como se passasse para tomar chá com alguém das suas relações. O que gostava mais era de levar Mikei a cafés. Por vezes, o rapaz saltava do seu assento para fazer demonstrações do quão alto conseguia saltar, mas a maior parte do tempo ficavam sentados a conversar como dois amigos, Mikei fazendo as perguntas mais difíceis.

— Estás atrasado, — disse Anne à porta. — Estiveste a beber.

Ela estava a tremer, tinha os olhos fixos e muito abertos. Ele estava habituado a estes breves transes, os surtos de raiva momentâneos que ela ia tendo ao longo do dia, normalmente quando tinha que pedir alguma coisa.

Alan passou por ela.

— Bonita árvore de Natal, — disse ele.

Pôs-se de cócoras e Mikei correu para os seus braços. Usava calças de fazenda axadrezada e uma camisola de *tricot*. Passou a Alan um chapéu castanho de lã. Anne foi buscar o casaco. Allan enterrou o chapéu sobre o rosto de Mikei e depois, enquanto a criança lutava e gritava, pegou-lhe ao colo e enterrou-lhe o rosto no seu estômago.

Alan nunca tinha gostado daquela rua, da área ou da casa. Provocava-lhe uma espécie de sentimento de culpa. Sempre que lá ia sentia que devia subir para o quarto, meter-se na cama e continuar a sua velha vida, como se esse fosse o seu dever e destino. Anne ainda o culpava por ter partido, embora Alan não percebesse porque é que ela não via que tinha sido o melhor para ambos.

— Beijem-se, — disse Mikei quando Anne se juntou a eles. — Beijem-se.

— Desculpa?

— Beija a mamã.

Alan olhou para a mulher.

Ela tinha emagrecido, o rosto afunilando no queixo pela primeira vez em anos. Tinha feito dieta; passado fome, era o que parecia. Tinha o rosto coberto de uma base branca ou pó. Os lábios estavam pintados de vermelho. Ele nunca a tinha deixado usar *bâton*, uma vez que detestava ficar com *bâton* na cara. Ela agora vestia-se melhor, presumivelmente com o dinheiro dele. Sabia que ela não andava a dormir muito em casa. Era a mãe que ficava lá com Mikei, sem saber — ou sem dizer — quando é que ela estaria de volta.

Ele e Anne conseguiram unir os respectivos lábios. O perfume dela tocou um raio eléctrico de memórias incontroláveis e ele estremeceu. Tentou lembrar-se da última vez que se tinham tocado. Deve ter sido dois meses antes de ele partir. Lembrou-se de ter pensado, então, que seria a última vez.

Já estava escuro quando saíram. Mikei segurava-lhes as mãos enquanto o balançavam entre eles. Para alívio de Alan, ele começou a palrar.

À porta da escola os pais, extremamente bem vestidos, saíam dos seus carros e entravam pelos portões, no meio da neve. Alan notou com certa surpresa como as crianças estavam felizes e como tinham o riso fácil, enquanto que os pais trocavam apenas as cortesias necessárias. Seria ele uma pessoa particularmente soturna? A namorada dizia que sim. "Se sou foste tu que me fizeste assim", era a sua resposta. Era certo que se sentia soturno. Talvez fosse da idade.

Lá dentro estava quente e bem iluminado. Até os professores sorriam. Alan riu-se para dentro, imaginando o que as outras pessoas pensariam ao vê-lo com Anne. Já era tão pouco usual ver-se um marido e uma mulher juntos. Trocou algumas palavras amigáveis com ela, só para a aparência.

As personagens principais foram representadas por crianças de oito e nove anos, fazendo os mais pequenos de pastores, assim como de árvores e estrelas. Duas crianças minúsculas seguravam um céu pintado, suspenso em dois paus de vassoura cortados. Os anjos tinham asas de cartão e fatos feitos de cortinas de rede. No ano seguinte, Mikei teria idade suficiente para participar.

Algumas semanas antes o professor tinha pedido a Alan sugestões de como a peça deveria ser feita. Alan era administrador de uma pequena companhia de teatro itinerante. Adorava a intimidade emocional que os actores criavam entre eles; e ainda gostava da adrenalina do espectáculo, a ligação viva dos seus colegas no palco com aqueles que tinham trocado o aconchego do lar por um espectáculo honesto. Havia uma espécie de medo importante que os unia a todos, que fazia com que o teatro fosse diferente do cinema. O seu trabalho era mal pago, claro. Alguns dos actores com quem trabalhava apareciam na televisão; o director era casado com uma mulher rica. No entanto, Alan não tinha outra fonte de rendimento. A namorada, Melanie, era actriz. Estava grávida e em breve teria que parar de trabalhar por uns tempos.

Quando a peça começou, Alan verificou o bolso. Tinha levado um lenço, um lenço de um tecido fino que Anne, inexplicavelmente, lhe tinha oferecido anos antes. Já não saía com um lenço no bolso desce o último dia da escola. Mas durante toda a tarde tinha receado que as vozes das crianças o fizessem perder o controlo. Para se animar tinha pensado no pai, na igreja ao domingo — o único dia que ia à missa — cantando o mais alto que podia, sem se importar com o facto de estar fora de tom. Estavam a celebrar, não a gravar um disco para a Deutsche Grammophon.

Os pais choraram e riram durante a peça. As crianças mais pequenas, como o filho de Alan, gritaram alegremente.

Alan comparou-se com as pessoas que lá conheceu. À porta tinha sido cumprimentado por um homem que lhe dissera:

— Eu também bebia um copo, mas não posso.

Alan não se conseguia lembrar de quem era aquele homem magro e decrépito, de cabeça rapada, até ele lhe dizer que lhe tinha reparado o carro algumas vezes.

— Mas pelo menos você está com bom aspecto, está com bom aspecto, — disse o homem, enquanto Alan se afastava em desconforto, só então compreendendo o quão doente o homem devia estar.

Havia uma mulher sentada numa fila adjacente. Alguém tinha dito a Alan que ela se tinha atirado de uma janela nua, alguns meses antes, ferindo o rosto e partindo umas costelas, tendo sido a seguir levada para o hospital num colete de forças. Outra mulher, sentada na mesma fila, a algumas cadeiras de distância, tinha-o ignorado, ou talvez não o tivesse visto. Mas tinha caminhado frequentemente com ele no parque, enquanto as crianças brincavam. Tinha-lhe dito que ia deixar o marido.

Tinha sido um século assassino. No entanto, aqui, neste confortável canto da terra, graças a algum golpe de sorte, a maioria das pessoas tinha sido poupada. A isso cantava, pensando, da mesma forma, porque é que estavam todos tão contentes.

Melanie não estava grávida há muito tempo, mas o seu corpo já tinha começado a mudar. Estava a perder a sua meninice. Além da cintura grossa, sentia-se pesada e dizia que já tinha que andar como um ganso. No momento não estava a trabalhar, por isso não interessava que tivesse que voltar para a cama de manhã. Quando discutiam, ele sentava-se com ela, a tomar o pequeno almoço.

Tinha uma consulta para o dia seguinte, para fazer um aborto. Ele iria buscá-la no outro dia. Há muito tempo tinha estado envolvido em dois outros abortos. O primeiro, tinha-o evitado partindo para ficar com outra mulher. Do segundo só se lembrava de como a mulher se tinha deitado no chão a chorar, depois. Recordou ter-se sentado no chão, à frente dela, com os olhos fechados, a fazer contagem decrescente a partir do mil. As relações tinham acabado logo a seguir. A sua vida com Melanie também terminaria. Não faria sentido continuar. Porque é que era importante que as relações continuassem? Na noite seguinte a sua esperança estaria destruída. Já não podia andar de mulher para mulher.

As discussões eram mais amargas e as reconciliações tinham deixado de ser doces. Ele já a tinha deixado trancada do lado de fora da casa. Ela tinha deitado fora uma fotografia que a mulher lhe tinha dado. Alan tinha atirado alguns dos seus pertences pela janela. Durante semanas tinham-se encurralado um ao outro, voltando ao mundo como se estivessem a sair de um incêndio, a pele escurecida, o olhar fixo, sem saber o que tinha acontecido. Estariam juntos para sempre, ou só até amanhã?

Olhando agora de lado para a mulher, sobre a cabeça do menino que os manteria ligados para sempre, Alan sabia que não poderia cometer de novo esse erro.

Nos seus melhores momentos, ele e Melanie falavam com a criança na barriga dela e consideravam nomes para lhe dar. Tinham falado em ter uma criança dentro de alguns anos. Mas uma criança não era um frigorífico, que se pudesse pedir quando se quisesse, ou quando houvesse dinheiro para o comprar. A criança na barriga dela já tinha rosto.

Já fora da escola, quando caminhavam os três, Alan viu um carrinho de supermercado abandonado. Nesse instante, pegou em Mikei, atirou-o lá para dentro e empurrou-o ao longo do passeio. Os gritos alegres da criança, agachando-se no carro barulhento enquanto derrapavam nas curvas e deslizavam sobre as bandas sonoras, e os gritos de Anne enquanto corria atrás deles para não ficar para trás, penetravam o cair da escuridão da noite.

A rir, ofegantes e quentes, depressa chegaram a casa. Anne correu os estores e ligou as luzes da árvore de Natal. A sala tinha mudado desde a última vez que ele lá tinha estado. Só tinha as coisas dela. Já não havia qualquer vestígio dele.

Serviu a Alan um copo de Brandy. Mikei sorveu o seu sumo. Anne disse que ele podia tirar um chocolate da árvore se o partilhasse com eles. Enquanto discutiam a peça, Alan reparou que o filho parecia cauteloso e inseguro, como se não soubesse para qual dos dois se havia de dirigir, certo de que não podia favorecer um sem deixar o outro triste.

Por fim Alan levantou-se para se ir embora.

— Oh, já me esquecia, — disse Anne. — Comprei umas empadas de carne e manteiga de brandy. Não sei porque é que me dei a esse trabalho, mas dei. Ainda gostas, não gostas? Vou pô-las num prato para as partilhares com o Mikei. Está bem?

Foi aquecê-las. Alan tinha dito a Melanie que não se ia demorar. Tinha que voltar para ela. Que máquina tão aterradora podia ser a imaginação. Se as coisas corressem mal entre eles esta noite, podiam fazer algo irreversível amanhã. Ele tinha medo de que ela tomasse uma decisão.

— Parece que estás com pressa, — disse Anne quando voltou da cozinha.

Ele disse:

— Vou acabar a minha bebida e comer uma destas empadas. A seguir vou-me embora.

— Vens cá no dia de Natal?

Ele abanou a cabeça.

Ela perguntou:

— Nem só por uma hora? Ela não aguenta estar longe de ti, pois não?

— Sabes como é que é.

Ela olhou para ele com um ar zangado:

— E como é que é isso, que nem podes passar tempo com o teu próprio filho?

Não podia dizer que Melanie o deixaria se não passasse o dia de Natal com ela.

Mikei tinha-se calado e observava-os.

Ela disse:

— Já dura há bastante tempo com esta mulher. Para ti.

— Está a correr bem, sim. Também vamos ter um filho.

— Estou a ver, — disse ela, passado uns instantes.

— Estou bastante feliz, — disse ele.

Melanie tinha dito a algumas amigas que estava grávida; discutia o assunto constantemente ao telefone. Anne tinha sido a primeira pessoa a quem ele tinha dito.

— Podias ter esperado.

— Para quê? — Disse ele. — Desculpa, mas não podia esperar. Sabes bem como é.

— Porque é que não páras de dizer isso?

— É um facto. Aí tens. Fica-te com ele.

Ela disse:

— E fico, muito obrigada. — Então disse, — Depois já não vais querer ver o Mikei tantas vezes.

— Claro que vou.

— E porque é que quererias vê-lo?

Ele retorquiu:

— E porque é que eu não quereria vê-lo?

— Deixaste-nos. Eu só o tenho a ele. Ela tem tudo.

— Quem?

— A tua namorada.

— Ouve, — disse ele. — Vemo-nos depois.

Levantou-se e foi para o corredor.

À porta o rapaz agarrou a ponta do casaco de Alan.

— Fica cá para todos os séculos, ámen.

Alan beijou-o e disse:

— Eu volto em breve.

— Dorme na cama da mamã, — disse Mikei.

— Tu podes fazer isso por mim.

Mikei colocou-lhe um pouco de chocolate na mão:

— Para o caso de ficares com fome quando eu estiver a dormir. — Depois disse, — Eu falo contigo quando tu não estás cá. Falo contigo através do chão.

— E eu ouço-te, — disse Alan.

O filho estava à janela, acenando e gritando. Podia ver a mulher, em pé um pouco mais atrás, a vê-lo partir.

Saiu da casa e foi para o *pub*. Ao balcão pediu uma cerveja e um copo de água. Foi só quando o empregado lhos pôs à sua frente que se lembrou que não tinha dinheiro. Pediu desculpa e embora o empregado tivesse começado a falar, deu meia volta e foi-se embora.

Agora tinha frio. Tudo estava gelado, o metal dos carros, a seiva das plantas, a própria terra. Passou por ruas conhecidas, tornadas desconhecidas pela neve. Muitas casas estavam escuras; as pessoas começavam a ir-se embora. À medida que a neve engrossava caía um silêncio raro e fora do comum sobre a cidade. Começou a andar mais depressa, balançando os braços dentro do casaco até se sentir quente. Pensou no homem agonizante que tinha visto à porta da escola e de como tinha sido terrível o facto de não o ter reconhecido. Queria encontrar o homem e dizer-lhe que todos ficamos diferentes e mudamos, todos os dias; era isso, só isso. Seguramente, assim que Alan pensasse que tinha compreendido alguma coisa sobre si mesmo, verificaria também que tinha mudado. Isso era esperança.

De um determinado ponto de vista, o mundo não passava de cinzas. Também o podíamos converter em pó queimando toda a esperança, apetite, desejo. Mas viver era, de certa forma, acreditar no futuro. Não se podia continuar a voltar para o mesmo sítio sujo.

Subiu as escadas a correr. A luz estava acesa. Sabia que as coisas estariam bem se ela estivesse a usar a camisa de dormir que ele lhe tinha oferecido.

Na cozinha ela estava a aquecer uma *quiche* e a fazer salada. Olhou para ele sem hostilidade. Não que tivesse falado; ele também não falou. Olhou-a, mas estava determinado a não se aproximar. Acreditava que conseguiria sobreviver se conseguisse eliminar o desejo por ela. Ao mesmo tempo sabia que sem desejo não haveria mais nada.

Ali sentado, pensou que nunca antes tinha reparado que a vida podia ser tão dolorosa. Percebeu, também, que nenhuma quantidade de bebida, droga, ou meditação podiam melhorar as coisas para sempre. Recordou uma frase de Sócrates que tinha ouvido na Universidade: "Um bom homem não pode sofrer qualquer mal, nem durante a vida, nem depois da morte". Wittgenstein, ao comentá-la, falou no sentimento de "segurança absoluta". Iria lê-lo. Talvez encontrasse algo para ele, alguma "segurança interior" final.

Vestiram os pijamas e finalmente foram para o seu sítio preferido, a cama deles. Abrindo-lhe a parte de cima do pijama, colocou-lhe a mão sobre a barriga e acariciou-lha. Durante curtos instantes, ela deixou-se ficar nos seus braços enquanto ele a tocava. Depois acariciou-o um bocadinho, antes de se virar e adormecer.

Começou a pensar no filho, a dormir, pensando se Mikei teria acordado e estaria a falar com ele, "através do chão". Queria dar-lhe um beijo de boa noite, como faziam os outros pais. Talvez tivesse outro filho e então fosse diferente. Andou pelo quarto. Não havia espaço suficiente para um roupeiro; as roupas estavam empilhadas ao fundo da cama. Numa cadeira do lado dele, iluminada por um candeeiro martelado, estava um exemplar de *Great Expectations*, um frasco de óleo de massagens encrustado de pó, os seus óculos de ler, um copo com um pouco de vinho e um bloco de notas.

A sua vida e a sua mente tinham estado tão ocupadas que a ideia de se sentar na cama a escrever no diário, ou até mesmo ler, lhe parecia uma rara luxúria, a representação de uma paz impossível. Mas esse tipo de solidão, parecia-lhe, também, a espera de que algo começasse. Desejara ser perturbado. E fora.

Sabia que os seus sentimentos eram profundos e continuariam a crescer. Mas ele e Melanie tinham medo, não eram de forma alguma maus. De uma maneira desajeitada, estavam ambos a lutar para se preservarem. O amor podia despedaçar-se num minuto, como se destrói uma teia de aranha com um pau. Mas o amor era uma mescla; nunca vinha no seu estado puro. Sabia que havia amor e ternura suficiente entre eles; e que nenhum amor se devia desperdiçar.

O Pénis

Alfie estava a tomar o pequeno almoço com a mulher na mesa da cozinha.

Não podia ter dormido mais de três horas, pois tinha saído na noite anterior. Era cortador — cabeleireiro — e tinha que ir trabalhar. Uma vez no emprego, além de ter que aturar o ruído e as filas de clientes, tinha que fazer conversa todo o dia.

— Divertiste-te ontem à noite? — Perguntou a mulher.

Tinham-se casado há um ano, em Las Vegas.

— Acho que sim, — respondeu.

— Onde é que foste? — Estava a olhar para ele. — Não sabes?

— Consigo lembrar-me da primeira parte da noite. Encontrámo-nos todos num *pub*. Depois foi um clube nocturno, muita gente. Depois houve um filme pornográfico.

— Era bom?

— Não era humano. Parecia um talho. Depois disso torna-se tudo um pouco vago.

A mulher olhou-o surpreendida.

— Isso nunca aconteceu antes. Tu gostas sempre de me dizer o que fizeste. Espero que isto não seja o começo de alguma coisa.

— Não é, — disse Alfie. — Espera aí. Já te vou dizer o que é que eu fiz.

Foi buscar o casaco onde o tinha deixado, nas costas de uma cadeira.

Examinaria a carteira e veria quanto dinheiro tinha gasto, se lhe tinha sobrado alguma cocaína, ou se tinha recolhido números de telefone, cartões profissionais ou facturas de táxi que lhe pudessem avivar a memória.

Dava voltas no bolso de dentro quando encontrou qualquer coisa estranha.

Tirou-a.

— O que é isso? — Perguntou a mulher. Aproximou-se. — É um pénis, — disse ela. — Trouxeste o pénis de um homem para casa, completo, com testículos e pêlos púbicos. Onde é que o arranjaste?

— Não sei, — disse ele.

— É melhor dizeres-me, — disse ela.

Ele pousou-o na mesa.

— Não tenho o hábito de apanhar pénis perdidos. — Acrescentou, — Não está erecto.

— Supõe que começa a ficar duro? Já é enorme assim como está. — Ela olhou mais de perto. — Maior que o teu. Maior do que a maioria dos que eu tenho visto.

— Chega, — disse ele apressado. — Acho que não devíamos continuar a olhar para ele. Vamos embrulhá-lo em qualquer coisa. Traz-me o rolo de cozinha e um saco de plástico.

Quando começou a menear-se eles olharam-no fixamente.

— Tira essa coisa da minha cozinha! — Disse ela. Estava quase a ficar histérica. — A minha mãe vem cá almoçar! Tira isso daqui!

— Acho que vou mesmo fazer isso, — disse ele.

Alguns minutos depois, para sua surpresa, estava a descer a rua com um pénis no bolso.

O seu instinto era deitá-lo no lixo e ir directamente para o trabalho, mas depois de uns minutos de consideração pensou que poderia levá-lo a um artista a quem costumava cortar o cabelo, um escultor, que normalmente trabalhava com fezes e sangue. O escultor costumava trabalhar com partes do corpo, mas tinha tido alguns problemas com as autoridades. Apesar disso, era capaz de achar a oportunidade de trabalhar com um pénis irresistível. Os negociantes de arte, que procuravam cada vez mais efeitos horríveis, ficariam fascinados. Alfie seria bem pago. A mulher tinha-lhe dito que deveria ter mais "senso de negócio". Mais do que tudo, o que ela queria era que ele aparecesse na televisão.

Alfie dirigia-se à casa do amigo quando viu um polícia a andar na sua direcção. Num movimento rápido, tirou o pénis embrulhado do bolso e deixou-o cair no chão. As pessoas deitavam lixo para o chão a toda a hora. Não era um crime sério.

Tinha apenas andado alguns metros quando uma criança da escola começou a correr atrás dele, agitando o saco e dizendo-lhe que tinha deixado cair o pequeno almoço. Agradecendo-lhe, meteu-o de novo no bolso.

Tinha os dentes a bater. Não queria a "coisa" no bolso nem mais um segundo.

Virou-se numa esquina e viu-se a atravessar o rio. Assegurando-se de que ninguém o estava a ver, atirou o pénis por cima da ponte e ficou a vê-lo a cair.

Depois reparou que, por baixo da ponte, passava um cruzeiro descendo o rio com turistas. Uma voz comentava pelo megafone: — À esquerda podemos ver... e à direita temos um monumento histórico particularmente interessante.

Entretanto, o pénis, tendo-se libertado do embrulho, estava prestes a colidir com o convés.

Alfie fugiu daquele local.

A cerca de um quilómetro dali, Doug, um actor, saiu da cama e dirigiu-se a passos lentos para a casa de banho. Tinha quarenta e poucos anos, mas tinha um aspecto soberbo.

No dia seguinte ia começar a trabalhar no maior filme da sua vida. Era um drama, uma produção de classe, o que significava que não tinha que tirar a picha dos calções até ao décimo minuto. O realizador era excelente e Doug tinha, ele próprio, escolhido o elenco feminino, tanto pelo seu talento como pelo seu tamanho. Doug tinha intenções de passar o dia no ginásio. Depois iria arranjar o cabelo e as unhas. Por fim retirar-se-ia cedo com o guião.

Foi só quando passou em frente do espelho em direcção ao chuveiro e se olhou pela primeira vez nesse dia, que reparou que lhe faltava o pénis. Faltava-lhe tudo, pénis, escroto, até os pêlos púbicos.

Doug pensou que ia desmaiar. Sentou-se no rebordo da banheira com a cabeça entre as pernas, mas a posição só o fazia lembrar mais da sua perda.

Fazia pornografia desde a adolescência, mas recentemente o mercado sofrera um incremento. A pornografia tinha penetrado o mercado da classe média e ele, juntamente com Long Dong — o pseudónimo que tinha dado ao seu pénis —, estava a tornar-se numa estrela reconhecida.

Doug tinha aparecido em *Talk Shows* na televisão e em revistas e jornais sensasionalistas. Acreditava que tinha direito à mesma gratidão e respeito de que os comediantes, cantores e imitadores beneficiavam. Afinal, distrair o público inconstante era uma tarefa árdua que requeria algum talento e graça. De uma forma única, Doug oferecia aquilo que a maioria das pessoas nunca viam: a oportunidade de ver os outros copularem; fascinação e intoxicação pelos olhos adentro.

Muitos homens invejavam Doug e o seu trabalho. Muitos tinham até tentado a sua sorte na actividade. Mas quantos conseguiam mantê-lo de pé, debaixo das luzes quentes e com a equipa de produção à volta deles, horas a fio, ano após ano? Doug conseguia manter uma erecção durante um dia, enquanto cantava uma passagem de *Don Giovanni* e verificava as suas acções no *Financial Times*. Não tinham centenas de pessoas presenciado o seu pau de rocha e os jactos de um fluxo primaveril, impregnado de sentimento, que voavam para o rosto de quem estivesse a contracenar com ele?

Se ele perdesse a sua virilidade, perdia também o seu modo de vida.

Pensando rapidamente, Doug conjecturou se não teria, na noite anterior, levado Long Dong para algum lado e o tivesse chapado em cima de alguma mesa. As pessoas, nos bares e nas festas em todo o mundo, adoravam fazer perguntas sobre o seu trabalho. Como a maioria das estrelas, ele adorava responder-lhes. A determinada altura, alguém, normalmente uma mulher, pedia para ver Long Dong. Se a hora e o sítio fossem certos — Doug tinha aprendido a ser cauteloso e não provocar inveja nos homens nem causar fricções entre os casais — deixava-as espreitar. Chamava-lhe a "oitava maravilha do mundo".

No entanto, nunca antes tinha perdido o rasto à sua possessão — a sua única possessão, segundo a opinião de alguns.

Doug foi aos bares e aos clubes que tinha visitado na noite anterior. Estavam a ser limpos; as cadeiras estavam viradas ao contrário em cima das mesas e a iluminação era abundante. Tinham encontrado um sapato, uma pistola, um par de pestanas falsas e um mapa da China. Nenhum pénis tinha sido entregue no balcão.

Destroçado, estava parado na rua quando, do outro lado da estrada, viu o seu pénis a sair de um café acompanhado por duas jovens. O pénis, alto, erecto, usando óculos escuros e um elegante blusão preto, sorria.

— Hei! — Chamou Doug ao mesmo tempo que o seu pénis apanhava um táxi, educadamente deixando a senhora entrar primeiro.

Doug parou outro táxi e pediu ao motorista para seguir o primeiro. Conseguia ver a parte de cima do seu pénis no carro da frente. As raparigas beijavam-no e ele ria e falava entusiasticamente.

O tráfego era muito intenso e perderam o táxi da frente de vista.

Depois de terem dado umas voltas, Doug decidiu ir a um bar e considerar o que fazer. Estava furioso com o seu pénis por se pavonear daquela maneira pela cidade.

Tinha pedido uma bebida quando o empregado lhe disse:

— Se aqui está assim tão sossegado é porque aquele pénis dos filmes entrou num bar no cimo da rua.

— Ai é? — Disse Doug pondo-se de pé de um salto. — Onde?

O empregado deu-lhe as indicações.

Uns minutos depois estava lá. Já era hora de almoço e o bar estava tão cheio que Doug mal conseguiu passar a porta.

— O que é que se passa aqui? — Perguntou.

— Chegou o Long Dong, — disse um homem da equipa de televisão. — Vi todos os filmes dele; em casa de um amigo, claro. O *Cabeça de Caralho* é o meu preferido. O grandalhão é uma estrela.

— Ai é? — Disse Doug.

— Você é fã?

— Não neste momento.

Doug tentou furar através da multidão, mas as mulheres não o deixavam passar. Por fim atirou-se para uma cadeira e vislumbrou o seu pénis em pé junto ao balcão, aceitando bebidas, assinando autógrafos e respondendo a perguntas como um verdadeiro profissional.

— Vocês é que me puseram onde me encontro hoje, — dizia ele pomposamente. — Sinto que vos devo retribuir a todos. O que é que estão a beber?

Todos aplaudiram e gritaram os seus pedidos.

— E eu! — Gritou Doug. — Quem é que te fez?

Ao ouvir isto, Long Dong levantou o olhar e cruzou-o com o do seu dono. Apresentou rapidamente as suas desculpas e virou-lhe as costas. Quando Doug conseguiu romper pela multidão, o pénis tinha desaparecido. Doug correu para a rua, mas não havia sinais dele.

Durante todo o dia, para onde quer que fosse, ouvia histórias acerca do extraordinário pénis, não apenas sobre o seu tamanho e força, mas sobre a sua simpatia para com os estranhos.

Uma das pessoas com quem Doug se cruzou foi Alfie, a beber sozinho no canto escuro de um bar desconhecido. Alfie estava destroçado, convencido de que a polícia o perseguia não apenas por ter furtado um pénis e tentado vendê-lo, mas também por o ter deixado cair em cima da cabeça de um turista japonês que passava por baixo da Tower Bridge num passeio panorâmico.

— Eu conheço-o de algum lado, — disse Doug.

— Sim, sim, — disse Alfie. — Talvez. Tenho a sensação que estivemos juntos a noite passada.

— O que é que estávamos a fazer?

— Quem sabe? Ouça...

Alfie explicou que se sentia pessimamente em relação àquela história toda. Se Doug algum dia quisesse um corte de cabelo grátis, seria mais que benvindo. Até se ofereceu para lhe cortar o cabelo naquele preciso momento.

— Noutra altura, — disse Doug.

Naquele instante não tinha tempo para considerar essas coisas. Tinha encetado a busca da sua vida.

— Quando precisar de acertar o cabelo é só avisar. A oferta estará sempre de pé.

Foi só à noite, a deambular sem rumo pela cidade, que Doug voltou a ver o seu pénis, desta vez sentado num café pertencente a uma mulher. Nessa altura já estava disfarçado, com um chapéu enterrado na cabeça e o colarinho levantado. Doug podia ver que estava a sofrer de fadiga de celebridade e queria estar sozinho.

Doug deslizou para o assento ao lado dele.

— Apanhei-te, — disse ele.

— Levaste uma eternidade, — disse o pénis. — O que é que queres?

Doug disse:

— O que é que tu pensas que andas a fazer, a expores-te dessa maneira?

— E porque é que não havia de fazer isso?

— Temos que levar as coisas com calma. Se há alguma coisa que faça as pessoas ficarem nervosas, é uma coisinha grande, gorda e feliz como tu.

— Já estou farto dos teus disparates, — disse o pénis.

— Sem mim não és nada, — disse Doug.

— Ah! É precisamente ao contrário! E eu descobri a verdade.

— Qual verdade?

— Tu és um pénis com um homem agarrado. Quero sair.

— Sair para onde?

— Vou iniciar a minha carreira a solo. Há anos que sou explorado. Quero ter a minha própria carreira. Vou fazer filmes mais sérios.

Doug disse:

— Filmes sérios! Amanhã começamos o seguimento do *Mulheres Pequenas*. Chama-se *Mulheres Enormes*.

— Eu quero fazer de Hamlet, — disse o pénis. — Ninguém ainda percebeu muito bem a relação com a Ophelia. Tu podias ser meu assistente. Carregavas o meu guião e mantinhas as fãs afastadas.

Doug disse:

— Queres dizer que nunca mais vais estar ligado a mim fisicamente?

O pénis disse:

— Estaria preparado para voltar ao teu domínio, uma vez que até gosto de ti. Mas se o fizer, a nossa ligação terá que ser diferente. Terei que ficar agarrado à tua cara.

Doug disse:

— Exactamente onde, na minha cara, é que tu gostavas de ficar agarrado. Atrás da orelha?

— Onde está agora o teu nariz. Quero ser reconhecido, como as outras estrelas.

— Vais-te fartar, — avisou Doug. — Todos se fartam, e enlouquecem.

— Isso só me diz respeito a mim, — retorquiu Long Dong. — Posso fazer umas terapias.

O pénis tirou uma salsicha do prato à sua frente e segurou-a no meio do rosto de Doug.

— Ficaria assim, só que maior. A cirurgia plástica está em desenvolvimento. De futuro haverá todo o tipo de modificações. Que me dizes a iniciar uma nova tendência?

— E o meu escroto? Ficaria... eh... pendurado sobre a minha boca.

— Eu é que falaria. Tens uma hora para decidir, — disse o pénis altivamente. — Estou à espera de outras ofertas de agentes e produtores.

Doug conseguia ver que Long Dong estava a mingar para o seu tamanho normal. Tinha sido um dia extremamente fatigante. Quando por fim os olhos se lhe fecharam, Doug agarrou no pénis, meteu-o no bolso e fechou-o.

Doug correu para o centro, para o consultório de um cirurgião plástico que conhecia, um homem ganancioso, com o rosto tão macio como uma bola de plástico. Tinha esculpido muitos dos colegas de Doug, inserindo extensões nos pénis dos homens e aumentando os peitos, lábios e nádegas das mulheres. Poucos destes actores seriam reconhecíveis até para os próprios pais.

O cirurgião estava a jantar com alguns antigos clientes. Doug interrompeu-o e depois passeou-se no seu lindo jardim. Doug depositou o pénis adormecido na mão do cirurgião.

Explicou o que tinha acontecido e disse:

— Tem que ser cosido esta noite.

— O cirurgião devolveu-lho.

Disse:

— Já aumentei pichas e clitóris. Fiz implantes de diamantes nos tomates de alguns tipos e pus luzes nas cabeças das pessoas, mas nunca cosi um pénis ao seu sítio original. Podes morrer na mesa de operações. Podes processar-me. Teria que ser recompensado.

Como as objecções continuassem, Doug implorou ao homem que lhe cosesse o pénis. Por fim o cirurgião mencionou uma quantia. Essa foi quase a pior coisa do dia. Doug tinha sido bem pago em todos os seus anos de trabalho, mas o dinheiro do sexo, como o dinheiro da droga, tendia a derreter-se como a neve.

— Traz-me o dinheiro esta noite, — ordenou o cirurgião, — caso contrário será tarde demais; o teu pénis vai-se habituar à liberdade e nunca mais te vai servir.

A única pessoa que Doug conhecia capaz de ter essa quantia em dinheiro era o produtor do *Mulheres Enormes* que essa noite estava a entreter umas prostitutas na sua suite. As mulheres conheciam Doug e depressa o puseram a par de que as notícias da sua desgraça se tinham espalhado. Ele agora corava e irritava-se quando as mulheres lhe chamavam "grandalhão".

Para alívio de Doug, o produtor concordou em lhe dar a quantia em dinheiro. Ao entregar-lha, mencionou os juros. Era uma quantia astronómica, que aumentava diariamente, assim como o pénis de Doug teria que aumentar. O homem forçou Doug a assinar um contrato que o obrigava a fazer filmes praticamente para o resto da sua vida.

Voltando para casa do cirurgião, Doug considerou como seria a sua vida sem o pénis. Talvez até tivesse sido uma caridade ter-se libertado daquele idiota e ter tido a oportunidade de viver sem ele. Mas sem o pénis como é que poderia ganhar a vida? Era demasiado velho para começar uma carreira nova.

O cirurgião trabalhou toda a noite.

Na manhã seguinte, a primeira coisa que Doug fez foi olhar para baixo. Como um nervoso encantador de cobras, assobiou uma área da ópera *Don Giovanni*. Por fim o pénis começou a mexer-se, a esticar e a engrossar. Em breve apontava para o sol. Estava em pé, mas não a andar. Ele e o seu amor estavam de novo juntos.

Algumas horas depois, Doug estava no local das filmagens. O pénis balançava-lhe entre as pernas, embatendo contra cada uma das coxas com um estalido de satisfação.

Doug estava feliz por estar de novo ligado à parte mais importante de si; mas, quando pensou nos desempenhos seguintes, sentiu um certo receio.

Índice